COLLECTION FOLIO

Pierre Magnan

L'enfant qui tuait le temps

FÉERIE

Gallimard

Retrouvez Pierre Magnan sur son site Internet :
www.lemda.com.fr

ESSAI D'AUTOBIOGRAPHIE

Auteur français né à Manosque le 19 septembre 1922. Études succinctes au collège de sa ville natale jusqu'à douze ans. De treize à vingt ans, typographe dans une imprimerie locale, chantiers de jeunesse (équivalent d'alors du service militaire) puis réfractaire au Service du Travail Obligatoire, réfugié dans un maquis de l'Isère.

Publie son premier roman, *L'aube insolite*, en 1946 avec un certain succès d'estime, critique favorable notamment de Robert Kemp, Robert Kanters, mais le public n'adhère pas. Trois autres romans suivront avec un égal insuccès.

L'auteur, pour vivre, entre alors dans une société de transports frigorifiques où il demeure vingt-sept ans, continuant toutefois à écrire des romans que personne ne publie.

En 1976, il est licencié pour raisons économiques et profite de ses loisirs forcés pour écrire un roman policier, *Le sang des Atrides*, qui obtient le prix du Quai des Orfèvres en 1978. C'est, à cinquante-six ans, le départ d'une nouvelle carrière où il obtient le prix RTL-Grand public pour *La maison assassinée*, le prix de la Nouvelle Rotary-Club pour *Les secrets de Laviolette* et quelques autres.

Pierre Magnan vit en Haute-Provence dans un pigeonnier sur trois niveaux très étroits mais donnant sur une vue imprenable. L'exiguïté de sa maison l'oblige à une sélection stricte de ses livres, de ses meubles, de ses amis. Il aime les vins de Bordeaux (rouges), les promenades solitaires ou en groupe, les animaux, les conversations avec ses amis des Basses-Alpes, la contemplation de son cadre de vie.

Il est apolitique, asocial, atrabilaire, agnostique et, si l'on ose écrire, aphilosophique.

P. M.

À la mémoire de Pierre Marchand, qui m'incita inlassablement à écrire pour la jeunesse, ce texte, afin de lui rendre l'amitié qu'il porta à mon œuvre.

Tel jour, Kronos, maître du temps, et Zeus, maître de l'espace, furent précipités hors de l'Olympe par plus fort qu'eux.

Ils atterrirent dans un pays qui s'appelle le Trièves. Ils atterrirent — oh sans douceur ! — au sommet du mont Aiguille, lequel, comme son nom ne l'indique pas, est un plateau.

Ils atterrirent donc brutalement, surtout Kronos, qui n'était pas comme son fils Zeus, impondérable. Celui-ci, par compassion, on lui avait laissé ce pouvoir, le dernier, d'être plus léger que l'air.

Malgré le précipice circulaire qui faisait de ce plateau une citadelle imprenable, il put ainsi débarquer son père, juché à califourchon sur ses épaules, jusqu'à l'orée d'un bois profond.

C'était la nuit. Ils avaient soif, ils avaient faim. Il faisait un temps à ne pas mettre un dieu dehors car Zeus avait jugé bon, bien que ce fût désormais sans objet, de s'encombrer de ses attributs habituels : les éléments déchaînés. Autour d'eux, ce n'étaient que coups de foudre sournois et tonnerres qui roulaient les rrr comme des tambours-majors.

Le déluge commençait sa quarantaine, qu'il allait éparpiller un peu partout au cours des âges sur des êtres qui n'espéraient jamais que le grand beau temps.

« Arrête un peu ton cirque ! grommela Kronos. Rends-nous une nuit sereine. Je ne sais pas si je me trompe mais je sens comme un effluve d'épicéa. Si c'est le cas, nous sommes tombés chez les forestiers. Parmi les hommes ce sont toujours les plus paisibles. »

Zeus secoua son énorme tête à nuages, conçue pour faire peur aux enfants.

« Je peux arrêter la foudre et le tonnerre mais pas la pluie. La pluie, Il a dit que ça fait du bien.

— Quel culot ! dit Kronos. Tu te rappelles ce qu'Il a dit encore en nous accusant avec son doigt tendu ?

— Il a dit : "Vous n'êtes plus crédibles ! "

— Qu'est-ce que ça veut dire ça : "Vous n'êtes plus crédibles" ?

— Ça veut dire qu'on a tellement attesté nos noms que personne ne veut plus les prononcer ! »

Ils n'en revenaient pas, Zeus et Kronos, de la facilité avec laquelle ils avaient été balayés du ciel. Ils se le racontaient encore en dévalant tant bien que mal les pentes de la profonde forêt.

Le nouveau Dieu avait surgi du cosmos armé seulement de ses mains ouvertes qui saignaient et de ses bras maigres largement étendus loin de son corps étique et raide comme s'il voulait interdire quelque chemin.

Et cela avait suffi pour que les colonnes de l'Olympe, ébranlées par la surprise, s'ameulonnassent au pied du ciel, les unes écrasant les autres en un chaos abominable et que les dieux aimables, qui jusqu'ici embellissaient les rêves des hommes, s'évaporassent dans l'air humide de la nuit d'hiver.

« Plus crédibles ! » murmura Kronos douloureusement.

Mais il y avait presque deux mille ans de cela, l'intervalle que Kronos et Zeus avaient mis à profit pour atterrir en ce rêveur pays du Trièves où, Dieu merci, il ne se passait jamais rien.

« Je me jetterais bien quelque chose derrière la cravate ! dit Kronos vulgairement. La dernière ambroisie est loin. Il me semble que je n'ai plus rien mangé depuis l'éternité ! On a beau dévorer le temps...

— Et l'espace ! souligna Zeus, on n'en est pas moins des dieux ! »

Claquaient leurs mauvaises chaussures (elles avaient près de deux mille ans) sur la pente rapide au fond de laquelle coulait un torrent. Elles imitaient à ravir l'effondrement d'une avalanche. Ils avaient coutume ainsi de provoquer des grondements sismiques partout où ils s'aventuraient.

« Habitue-toi, dit Kronos, à marcher sur la pointe des pieds. N'oublie pas qu'on est chez les hommes ici et qu'ils sont susceptibles !

— Susceptibles du moindre effort ! ricana Zeus. Regarde-moi ce sentier ! Au lieu de faire de larges zigzags il descend tout droit ! Je m'esquinte les orteils dans les lanières de mes sandales !

— Fais un peu attention ! gronda Kronos. Tu viens encore de déraciner deux épicéas en te cramponnant à eux ! Tu vas nous faire remarquer ! »

En maugréant, il écarta de sa route les deux grands arbres.

« Attends ! Si on se présente comme ça, ils vont tous partir en courant. Les plus courageux vont nous tirer dessus. »

Zeus hocha la tête, ce qui fit redoubler la tempête.

« Et ce sera avec de la chevrotine, dit-il. J'ai déjà reçu, autrefois, une flèche dans le gras de

14

l'aile de la part d'Amphitryon qui me reprochait je ne sais plus quelle peccadille ! Mais c'était il y a deux mille cinq cents ans de cela. La flèche aujourd'hui ce serait des chevrotines !

— Raison de plus pour nous faire petits ! surenchérit Kronos. Commençons par nous dégonfler d'importance ! »

Il leur fallut encore quelque temps pour se limiter à la taille humaine. C'est alors que Kronos dit en serrant le bras soyeux de Zeus :

« Tu vois ce que je vois ? Tu respires ce que je respire ? »

La forêt qui ceinture le mont Aiguille secouait doucement la dernière pluie et derrière l'étrave de la montagne apparaissait la Grande Ourse sur un lit d'étoiles.

Des prairies se déroulaient en pente douce, encore ponctuées par quelques épicéas isolés qui voulaient souligner la beauté de leurs formes.

En bas, blotti au creux d'un vallon, scintillait un village dans la nuit contre une obscure couronne de jardins et de bosquets.

C'était de là qu'émanait cet arôme de gratin dauphinois qui se sublimait maintenant sous les narines des dieux.

Ceux-ci se mirent en marche dans la direction des hommes parce que, après les avatars tragiques qu'ils venaient de subir, rien ne leur paraissait plus naturel que cette odeur qui résumait un pays, une paix, une façon d'exister à nulle autre pareille.

Ce devait être un monstrueux gratin dauphinois ou alors il y en avait des quantités.

« Pourvu qu'il en reste ! » gémit Kronos.

Leurs sandales désormais ordinaires foulèrent bientôt une route asphaltée, barrée d'un poteau indicateur anormalement long parce qu'il lui fallait dérouler ces douze lettres : « CHICHILIANNE »

« Qu'est-ce que ça veut dire ça : *Chichilianne* ? demanda Zeus interloqué.

— Personne ne doit plus rien en savoir ! grommela Kronos. C'est mis là pour faire joli ! Contente-toi d'y être et cherchons un peu l'origine de cette suave odeur. »

Sous les cèdres, là-bas, à la corne d'une grange d'où débordait le foin, il y avait un grand brouhaha dans le grand jardin d'une grande maison. La lumière s'en échappait par toutes les fenêtres comme si elle voulait à toute force effacer la nuit.

Des éclats de rire, des éclats de voix, des éclats de musique fusaient aussi hors de cette heureuse demeure. Dans le mouvement du vent douce-reux qui se promenait par la nuit sereine, maintenant que Zeus n'était plus qu'un homme, une enseigne de tôle cliquetait pour attirer l'attention. Elle annonçait : *Auberge du Bord de route*.

« Une auberge ! dit Kronos amèrement. Il ne nous a même pas laissé une obole ! Une auberge, ce doit être payant ?

— Tu as dit que c'était un pays de forestiers, dit Zeus. Ils sont peut-être charitables. »

Sur une esplanade parsemée de gravillons étaient embusqués de gros objets rutilants, soigneusement rangés côte à côte, qui rivalisaient d'importance et que Zeus prétendait ne jamais avoir vus.

« Qu'és aco ? demanda-t-il à Kronos.

— Des automobiles ! grommela Kronos. Ça vaut la peine de se croire universel ! Sois un peu de ton temps si tu ne veux pas te faire remarquer.

— Ça pue ! » dit Zeus en grimaçant.

Il flairait le capot d'une Delage nickelée à mort et qui étincelait comme un autocuiseur.

C'était là-dessus qu'un chat s'attiédissait en pompant toute la chaleur du moteur refroidissant pour la faire sienne.

Un chat reconnaîtrait un dieu au passage même si celui-ci se déguisait en zéphyr. Ce chat-là ne faisait pas exception à la règle. Au souffle de Zeus flairant l'odeur d'essence, il devint arqué comme une sorcière et sa queue tripla de volume. En même temps s'échappait de sa gueule ce bruit qui fait sursauter tout le monde, qui n'est ni un miaulement, ni un feulement, ni un sifflement, et qui s'accompagne d'un regard meurtrier comme si ce n'était pas le chat mais ses yeux qui allaient vous sauter à la figure.

« Tire-lui une pierre ! » cria Zeus, alarmé.

De tout temps les dieux ont craint les chats, qu'ils soupçonnent d'être plus anciens qu'eux au sein du cosmos.

« C'est ça ! dit Kronos. Et si par malheur elle ricoche sur une carrosserie, il va sortir cent hommes de là-dedans, ivres de nous mettre en bouillie ! »

Le chat vitupérant était passé sous la voiture, sachant que ni les dieux ni les hommes ne se mettent volontiers à plat ventre, surtout contre la terre mouillée.

Mais les dieux avaient déjà oublié le chat, c'est une faculté qu'ils partagent avec les mortels. Glissant sur la pointe de leurs sandales, Kronos et Zeus avançaient sous les cèdres où pleurait une grosse fontaine. Ils pouvaient contempler l'avenante façade que drapait un ampélopsis tout rouge d'automne et dont les feuilles en doigts d'enfant jonchaient le gravillon.

C'était une très ancienne bastide flanquée de tours à poivrières en ardoises vernissées. Les toits en éteignoir ressemblaient à des bonnets pour lutins. Les tempêtes d'hiver s'étaient arc-boutées contre les charpentes pour les cintrer. Ceci donnait aux toitures cet air penché qui les offrait si familières.

Il y avait de la buée sur les vitres, ce qui supposait un grand concours de peuple.

« On entre ? dit Kronos. Maintenant qu'on est de leur taille on ne leur fera plus peur. »

Quand ils poussèrent chacun un battant de la porte, ils se trouvèrent face à face avec un énorme limonaire peint de couleurs criardes et qui tonitruait une musique de guinguette. Il était enrichi de mille ampoules multicolores et ses tuyaux d'orgue astiqués ce matin soufflaient de l'air musical jusqu'au plafond. Sur le côté de l'instrument un automate à la trogne hilare, à laquelle il manquait deux dents, s'escrimait avec un maillet sur une grosse caisse d'orchestre dont il s'efforçait à coups redoublés de crever la peau d'âne.

Au loin, masquée par l'instrument, dans la perspective de deux salles immenses, une foule de gens s'agitait et dansait, levant des verres, souhaitant des santés à tout va, lançant des plaisanteries entrecroisées.

On entendait des rires effarouchés, des rires retenus, des rires canailles, des rires grossiers, des rires étranglés, des rires sardoniques, des rires sous cape, des rires crapuleux et même quelques rires jaunes.

C'était une noce au plein milieu de son banquet et qui avait décidé de s'amuser coûte que coûte.

Au premier plan l'aubergiste affairé était en train de houspiller deux gâte-sauce qui transportaient sur un brancard une pièce montée colossale à travers l'antichambre.

Il régnait un parfum de bonne cuisine où dominait cette fois, et cette fois très proche, celle du gratin dauphinois aromatisé à la noix muscade que Kronos et Zeus avaient déjà sentie depuis l'orée du bois.

Il y avait là de quoi faire défaillir des dieux en perdition. Le parfum de la noix muscade était à lui seul comme une carte de géographie qui eût contenu l'Océanie tout entière.

Et ce mariage de l'Océanie et du Trièves était plus solennel que celui que l'on célébrait ici, à l'aide de deux pièces montées qui s'élevaient comme des colonnes sur deux dessertes parallèles et de quatre petites filles en organdi rose qui se tenaient par la main parce qu'un photographe sans tête (la sienne s'abscondait sous le voile de l'appareil) les immortalisait en souvenir pour leurs vieux jours.

Dans le prolongement des fillettes en organdi rose, le photographe aperçut deux vieillards qui se tenaient aussi par la main. Ils étaient là tout penauds, tout sales, avec leurs maigres jambes indécemment poilues, lesquelles dépassaient de la chlamyde qu'à la hâte, en les précipitant hors de l'Olympe, on leur avait jetée dessus plus par décence que par compassion car c'eût été grand scandale que de voir des dieux traverser le monde complètement à poil.

« Oh ! jubila le photographe, ces deux-là ils sont rigolos ! Je vais aussi les immortaliser ! Ne bougez plus ! » commanda-t-il à Kronos qui se grattait la barbe.

Il prit un tel plaisir à les croquer ainsi que trois fois il remplaça le châssis où devaient s'imprimer les traits des deux rigolos.

Mais plus tard, bien plus tard, quand il fut seul dans la pénombre rouge de son labo, quand il plongea les trois clichés dans le bain révélateur, il n'en crut pas ses yeux : si le négatif reflétait bien l'antichambre de l'hôtel avec ses aspidistras et ses chamérops (et même au premier plan le sommet conique d'une pièce montée) ; en revanche le parquet où s'étaient tenus les rigolos était vide de présence, aussi sec que si deux humanoïdes trempés jusqu'aux os ne s'y étaient pas, longtemps, tenus immobiles.

21

Et pourtant l'hôtelier, lui, qui était en train de surveiller la manœuvre des pièces montées qu'on allait tout à l'heure apporter en triomphe sur la table de noce, l'hôtelier les voyait bien, trempés comme des barbets avec leurs barbes, celle de Kronos en pointe sèche, celle de Zeus en vagues frisantes.

« Qu'est-ce que c'est que ces zozos ? » se dit-il à haute voix scandalisée.

Et effectivement, c'était bien de ça qu'ils avaient l'air, Zeus et Kronos, de deux vieillards cacochymes et malingres, les yeux pleurards sous le sourcil courroucé et portant chacun en bandoulière, au bout d'une courroie en peau d'âne, une lourde syrinx de bois avec quoi on leur avait dit qu'ils pouvaient toujours faire de la musique s'ils avaient besoin de gagner leur vie.

Il allait les prendre par la peau du cou pour les jeter dehors lorsqu'il se souvint opportunément que des mendiants, en certaines circonstances, ça pouvait porter bonheur, surtout si on les réconfortait, et ces deux-là, avec leur barbe piteuse et leurs jambes étiques, ils avaient l'air d'avoir beaucoup souffert.

« Vous avez faim, mes braves ? les apostropha-t-il.

— Et soif ! dit Zeus.

— Alors entablez-vous ici ! »

Il les conduisit jusqu'à la salle du restaurant d'été, où il y avait quarante tables vides car on avait installé le mariage dans l'ancienne écurie voûtée qui servait pour le théâtre d'hiver et qui était chauffée par une grande cheminée de forge.

En les cachant là, à la lueur de trois chandelles sous prétexte de souper intime, les mendiants ne pouvaient qu'être utiles au sort sans effaroucher la noce. C'était un bon calcul bien équitable et bien naïf et l'hôtelier s'en savait le meilleur gré du monde.

Avec les restes imposants que la noce commençait à laisser refroidir dans les soupières, il y avait de quoi nourrir cinquante affamés. Tant bien que mal Kronos et Zeus tâchèrent d'adapter leur appétit millénaire à cette chère délicate.

Dans l'intervalle des services, l'hôtelier hilare leur apportait une bouteille de vin mal bouché, au bouchon débordant, comme on en voit dans les campagnes où les vignerons s'efforcent d'égaler les plus grands d'entre eux.

« Et celui-là il est d'ici ! s'exclama l'aubergiste avec orgueil. Il vient des vignes que vous pouvez voir là-bas, du côté de Prébois. Il est fait avec de la sueur et des larmes. »

C'était un vin effectivement particulier et familier aux dieux car il avait goût de cratère en éruption et quand on le faisait gouleyer sous la langue il s'en échappait d'étranges picotements chaleureux qui faisaient immédiatement songer à des étincelles de foudre.

Zeus en clappa de la langue pour signifier combien ce vin lui en rappelait d'autres et, en dépit de sa chétive apparence, cette satisfaction bruyante fit tout de même osciller le lustre multicolore, qui chatoya sous ce grand vent.

« Ah ! soupira Zeus, si j'étais encore là-haut, je te vous enverrais avant l'août, foi d'immortel, quelques semaines ensoleillées pour vous donner du degré ! »

L'aubergiste qui les servait à nouveau dit plus tard qu'il en était resté la bouteille en suspens.

Mais alors que Kronos raflait quelques profiteroles qui avaient roulé, pendant le transport, hors de la pièce montée, on entendit des cris surhumains, prolongés, des cris hors du monde, des cris qui n'annonçaient ni le malheur ni la douleur mais un appel au secours vers toutes les forces de la nature.

Ces cris dominaient l'infernal boucan du limonaire, de ses tuyaux d'orgue, de ses trompettes et de son jazz-band. Toute la noce qui commençait à flétrir sous les surplus conjugués de nourriture, de boisson et de pensées polissonnes ; toute la noce donc renversa ses chaises d'un seul mouvement et se rua vers la source des cris.

C'était là-haut, à l'étage, et toute la noce s'engouffra dans l'escalier. La mariée engainée à mort dans une robe volumineuse qui avait coûté fort cher arriva la première sur le palier, ayant empoigné sa traîne pour aller plus vite. Elle déboucha dans une chambre très vaste où sur un lit à baldaquin une mère achevait de faire le petit. Elle avait la bouche ouverte sur un dernier hurlement inutile puisque l'enfant encore tout poisseux gigotait déjà sur la courtepointe et que la sage-femme s'en emparait pour remodeler sa fontanelle car il était né avec le crâne en pain de sucre et il fallait rapidement lui redonner figure humaine.

Il y eut tout de suite soixante personnes admiratives autour de ce lit de douleur. Deux soubrettes endentelées de guipure avaient déjà recouvert pudiquement le corps de la parturiente dont on ne voyait plus que le visage vanné.

L'enfançon agitait les pieds et les bras, il se tortillait encore comme s'il s'efforçait d'aborder un rivage inaccessible. On sentait qu'il s'agissait pour lui d'exprimer, le plus vite possible et de la seule manière qui lui fût loisible, son opinion déjà définitive sur la terre où il accédait.

Il n'avait pas encore eu le temps de devenir beau, néanmoins cela se faisait déjà à une vitesse foudroyante. Déjà il ne ressemblait plus à son grand-père, l'année où celui-ci était mort, et s'il luisait encore d'humidité mystérieuse comme surgi d'un océan, déjà contre son crâne qui avait paru chauve se décollaient les premiers cheveux qui foisonnaient sur son front.

Déjà la sage-femme le prenait sous les aisselles pour le soulever et le montrer à la noce admirative. Déjà la mariée tendait les bras vers lui, le saisissait, approchait de lui, en minaudant un sourire, son visage vermeil.

Alors, soudain, le nouveau-né ouvrit une bouche carrée de tragique grec, une bouche disproportionnée avec le reste du visage, et de ce tunnel béant sur une langue rose surgit le prodigieux hurlement de celui qui voit le monde pour la première fois et déjà ne le trouve pas à sa guise. Pourtant il avait encore les yeux clos mais — porté en triomphe par la sage-femme qui le promenait au-dessus de la foule — ses petites mains faisaient déjà le geste d'écarter la réalité pour la repousser de toutes leurs forces.

Zeus et Kronos attirés par tout ce remue-ménage s'étaient aventurés à la suite de la noce, et lorsque Kronos aperçut le bébé au-dessus de la mêlée, il s'écria :

« Oh ! Un enfant ! Moi qui les aime tant !

— Je sais. Tu en as croqué autrefois ! » murmura Zeus douloureusement.

Mais Kronos ne l'écoutait plus.

« Il faut, se disait-il, que je donne quelque chose à cet enfant ! Son père a été charitable envers nous. Il faut à toute force que je le récompense. »

Il se frayait un chemin à travers la troupe qui se garait tant qu'elle pouvait de ce loqueteux sale puant la terre fraîchement remuée et on ne sait quelle autre odeur encore, inconnue sur cette planète.

Il voyait l'enfant au-dessus de lui. Comme par jeu, il provoqua de son index ridé la petite main du bébé. Alors, on vit les doigts de l'enfançon encercler l'index du vieillard de toute sa menotte préhensile, s'y accrocher convulsivement, faisant bleuir sous l'effort cette peau à peine accédant au jour et déjà douée d'une volonté de fer. Et c'était poignant de voir cette main grosse comme un bouton de rose s'accrocher à celle du temps pour le retenir.

La sage-femme se gendarmait, gourmandait avec véhémence ce vieillard crasseux qui devait être plein de microbes.

« Voulez-vous bien le lâcher ! Voulez-vous bien enlever vos sales pattes de là ! » cria-t-elle.

Kronos obéit. Lentement, lentement, il retira son doigt de la prise solide. Alors on vit se dessiner à la place de cet index, dans le vide qu'il

laissait et que la menotte de l'enfançon conti-
nuait à serrer, on vit se dessiner, dis-je, un beau
zéro bien rond.

« À la bonne heure ! s'exclama Kronos. Chaque fois que ta main dessinera ce signe, où que
je sois je m'arrêterai ! Et tu n'auras qu'à délier
ton geste pour me remettre en marche. »

Zeus vint lui murmurer quelque chose à
l'oreille, quelque chose que seul entendit le
père de la mariée, qui eut juste le temps, le sur-
lendemain, de le répéter à son gendre avant de
mourir :

« Il a dit, lui rapporta-t-il : "Dépêche-toi, Kronos ! J'entends gronder le ciel !" »

Alors on vit les deux vieillards se tenant par la
main descendre l'escalier comme s'ils le survo-
laient. En bas le photographe qui rangeait son
matériel révéla plus tard qu'ils glissaient sur le
parquet à la vitesse du vent et que, dès la porte
violemment repoussée, il pouvait jurer les avoir
aperçus happés par la nuit et par l'espace, em-
portés dans un tourbillon, et qu'il pouvait jurer
qu'à mesure qu'ils sortaient de la lumière, ils se
désagrégeaient comme feuilles mortes.

En Trièves, depuis longtemps, les coqs avaient pris la benoîte habitude de se fier aux cloches du matin pour annoncer à leur tour la naissance du jour. Ça leur permettait de dormir un peu plus et en tout cas de ne jamais se tromper. Car plus d'un était passé à la poule au pot pour avoir confondu un clair de lune éclatant sur les neiges de l'Obiou avec le lever du soleil.

Un coq qui chante la nuit est oiseau de malheur, aussi l'en accuse-t-on souvent pour le mettre à bouillir.

D'autre part, nous avons suffisamment de clochers, tous élancés, pour pouvoir, le cas échéant, nous passer de coqs.

Or, il advint que l'enfant de l'*Auberge du Bord de route*, qu'on avait appelé Élie, eut une petite enfance difficile. Ses premières dents notamment lui donnèrent du tintouin. Il le faisait savoir à trois heures du matin en se mettant à hurler. Alors sa nourrice, car sa mère, cuisinière à l'auberge, n'avait pas le temps de s'occuper de lui, sa nourrice donc avançait très doucement la main vers le petit visage. Comme par jeu elle caressait le minuscule nez du bambin, alors celui-ci s'emparait d'un des doigts de la pourvoyeuse pour le serrer convulsivement et ne plus le lâcher. Ainsi arrimé solidement comme l'ancre se cramponne au fond de la mer, l'enfançon s'endormait paisiblement avec une bulle de salive satisfaite qui se formait aux commissures de ses lèvres roses.

Il ne restait plus à la nourrice, après quelques minutes de dévote contemplation devant cette merveille du monde : un enfant, qu'à transformer en rêve cette réalité en extirpant millimètre après millimètre son index aux doigts serrés du nourrisson.

Elle y parvenait enfin, laissant le pouce et l'index du bébé vides et formant un beau zéro.

Alors le morbier du corridor (une grande horloge toute dorée qui avait été autrefois un cadeau de noces) oscillait encore cinq ou six fois sur son balancier et puis la potence, qui à chaque aller-retour l'avançait d'une seconde, cessait de rassurer le monde ; pareillement à quelques pas de là, au clocher qui signalait de loin l'église de Chichilianne, le mouvement ample qui jusqu'ici résonnait sous la charpente de mélèze soudain se désordonnait et palpitait comme un cœur cesse de battre. Il expirait en un dernier cliquetis feutré. Et partout dans le village, les pendules d'argent sous les globes de verre et sur les cheminées de faux marbre se mettaient à battre la chamade puis, comme du cristal, tintaient faiblement une dernière fois.

Semblablement à Saint-Maurice, à Roissard, à Clelles, au Percy, à Lalley, à Pellafol, à Tréminis, à Saint-Michel-les-Portes et jusqu'au chef-lieu, à Mens, toutes les horloges du Trièves expiraient à l'unisson et c'était la grande immobilité du ciel qui régnait seule sur la nuit.

La première fois où cela se produisit, une monstrueuse pagaille s'instaura au pays des épicéas. On fut réveillé par le meuglement des vaches aux étables, qui pleuraient douloureusement sur leurs pis alourdis de lait, et les piaffements des chevaux de trait, qui avaient l'habitude d'être nourris par leur maîtres à trois heures du matin afin d'être prêts au travail dès sept heures. Et leurs maîtres s'étiraient pendant ce temps dans le lit conjugal, tandis que le soleil rutilait et que les oiseaux s'égosillaient dans le matin déjà fort avancé, se disant, ces maîtres : « C'est fou ce que j'ai bien dormi cette nuit ! »

Et soudain jaillissant du lit, bousculant la conjointe et poussant des jurons affreux, eux qui s'enorgueillissaient d'ordinaire à huit heures, qu'il était alors, d'avoir déjà abattu une demi-journée de travail.

L'instituteur arriva en classe sans faux col et pas rasé, en vain d'ailleurs, car à peine apparaissaient en hâte, au tournant de la rue en pente, deux ou trois écoliers aux cils collés qui tâtonnaient de sommeil et qui dans l'angoisse de la réprimande n'avaient même pas pris le temps de lacer leurs brodequins.

Il ne fut pas jusqu'aux curés de campagne qui ratèrent leur première messe, tout comme leurs ouailles, et qui interrogèrent le ciel, se disant :

« Alors ce serait vrai peut-être ? Il serait plus tard que nous ne pensons ? »

Tandis que s'éveillait l'enfançon plein de faim, lequel, selon son habitude, se mettait à hurler pour la nourriture comme il l'avait fait pour ses dents agacées. C'est alors qu'il étendait les doigts vers le sein de sa nourrice afin de s'y abreuver à satiété. Et comme celui-ci était d'autre mesure que l'index, il n'était pas question de l'encercler aussi.

Alors les choses reprenaient tranquillement leur cours. On allait consulter le cadran solaire. « Veillez car vous ne savez le jour ni l'heure », était-il inscrit sur la faïence, sous l'ombre rigide du sextant implacable. On se demandait l'heure l'un à l'autre fébrilement. On haletait à la poursuite des minutes qu'on avait gaspillées dans un sommeil coupable.

Tous les mouvements des balanciers et des ancres quinze rubis se ruaient à nouveau dans leurs coffres d'horloge ou leurs bracelets-montres, se soumettant avec obéissance à la course du soleil et au cycle des astres. Attentifs et zélés à effacer ce hoquet, à raturer ce manquement à l'éternité, ils se mettaient vivement à la recherche du temps perdu et ils le retrouvaient.

Néanmoins, pour cette parenthèse en laquelle le temps s'était tenu, un grand frisson d'inquiétude traversa le Trièves où les hommes n'admettent pas l'irrationnel. Je dis bien : le Trièves, car le pouvoir de l'enfançon que Kronos lui avait transmis ne s'étendait pas au-delà : il s'arrêtait au bord du Chambon, aux pentes ultimes de l'Obiou et de l'autre côté au col de la Croix-Haute et aux cimes ébréchées du Vercors. Il risquait néanmoins un codicille jusqu'à Miribel-Lanchâtre où officiait une si aimable bibliothécaire.

Une ombre de malaise flotta sur le pays et fit que le temps égaré de ce matin-là coûta la vie à nombre de coqs sur lesquels on avait crié

« haro ! » et qui furent plumés séance tenante. Pendant huit jours sur le Trièves se promena au caprice des vents l'odeur suave de la poule au pot en train de bouillir. Puis tout rentra dans l'ordre car l'enfançon avait fait sa première dent.

Mais il y en avait d'autres à faire et le Trièves n'était pas au bout de ses émotions.

L'enfant grandissait, grossissait, envoyait les pieds, souriait à travers ses larmes. Il se colmatait la bouche avec sa sucette en caoutchouc comme tous les autres enfants, avec cet air complètement stupide qu'ils arborent tous dans cet exercice. (Aucun photographe ne s'est jamais risqué à saisir un lardon la sucette au bec.) Mais il y eut des dents de lait qui pointèrent hors des gencives. Et les pires poussées de ces horribles nécessités, c'est toujours la nuit vers trois heures qu'elles se produisent. La nourrice n'en finissait pas d'offrir son index à l'encerclement goulu de l'enfant refermant sa main.

Or, il advint que cette nourrice, ayant une certaine nuit quitté l'enfant sur la pointe des pieds pour aller consulter le morbier du corridor, s'aperçut soudainement que celui-ci était arrêté.

Ça n'était pas d'abord une fille imaginative et le lait, en ses mamelles, la rendant placide et paisible comme il convient à une bonne laitière, ne contribuait guère à lui stimuler l'intelligence.

Néanmoins, elle avait, comme tout le monde, entendu parler de ces hoquets du temps qui frémissaient sur le pays depuis justement quelque temps.

Or elle avait l'habitude de ce bruit sourd du morbier qui balayait ses angoisses nocturnes, de cette rassurante voix de basse qui croquait les secondes en les savourant lentement comme on écrase des amandes.

Le morbier était arrêté mais depuis oh très peu de temps, la dernière battue du balancier résonnait encore dans son logement comme une ultime note dans l'âme d'un violoncelle.

Il y a plusieurs dents à percer dans la bouche d'un enfançon et jamais toutes ensemble. La percée dure des semaines. Des semaines durant, le Trièves fut ballotté sur ces hoquets du temps qui s'arrêtait puis repartait. Une sorte de panique s'emparait de nous autres, désorientés. Les horlogers des villages n'en finissaient pas de réparer des montres et des réveils injustement accusés et qui n'en pouvaient mais.

L'été vint. La nourrice n'avait presque plus de lait, le nourrisson commençait à manger de la bouillie, néanmoins il était encore très gourmand du sein d'Ariane (c'était le nom de la nourrice) et il hurlait comme pour les dents sitôt qu'on le lui retirait. Alors Ariane lui tendait le doigt qu'il encerclait et il s'endormait.

Or une nuit qu'on avait laissé ouverte la porte du corridor afin d'avoir un peu de courant d'air, Ariane, qui retirait son index à la main préhensile du bébé et qui jetait machinalement un œil sur le morbier, vit en même temps que celui-ci s'arrêtait de battre. Et la chose se reproduisit souvent tandis que l'on sevrait le gamin.

On a beau ne pas avoir l'esprit prompt, la répétition de certains phénomènes finit par fixer l'attention. Une intuition bizarre vint à la nourrice, à la longue, et un jour, comme par jeu, elle ôta à plusieurs reprises son doigt de la menotte du bambin, puis elle lui donna le sein, puis elle lui tendit le doigt à nouveau. Elle répéta la chose cinq fois, dix fois dans l'heure, les yeux fixés sur le gros œil du morbier visible dans le couloir depuis qu'on laissait la porte ouverte pour avoir de l'air. Heureusement c'était la nuit car le temps n'arrêta pas cette nuit-là de hoqueter lamentablement.

À la cinquième expérience Ariane hors d'elle dévala l'escalier sans même prendre le loisir de se rajuster. Elle arriva en trombe par la porte de l'office, qui était battante comme toutes les portes de restaurant. Sept personnes furent témoins de ce spectacle peu commun : une nourrice dépoitraillée et les yeux exorbitants à force de terreur.

« Votre fils arrête l'heure ! » hurla-t-elle.

Sept personnes suaient sang et eau dans la vaste cuisine, occupées à faire des ravioles pour soixante sexagénaires qui devaient fêter leur jubilé le lendemain. Le raviole est un bijou de chez nous au même titre que le gratin dauphinois.

Pour faire de bons ravioles, il faut d'abord obtenir une pâte à travers laquelle on doit voir défiler le vent sur les peupliers au fond du jardin. Ensuite il faut trois personnes pour aller poser, sans la déchirer, cette pâte sur les alvéoles de moules en fer-blanc. On dirait qu'on se déplace autour des fourneaux comme en portant la traîne d'une mariée. Il faut aussi des doigts de fée pour répartir la farce dans le creux des moules. Il faut aussi un secret pour faire cette farce. Et c'est autour de ce secret aux bonnes herbes que l'on bataille dans les familles. Ils sont trois cents, à travers tout le Trièves, qui prétendent à l'exclusivité de ce secret. Il y en a cinq qui le connaissent réellement et ils sont à dix kilomètres les uns des autres ; il y a la Bonnefoy de Cornillon, la Bonnabel de Mens, le Léautaud de Saint-Baudille, la Léa (elle n'a plus de nom) de Tréminis et celui-là, ici, justement à Chichilianne. La nourrice n'était pas dans le secret, aussi en dépit de l'énormité de la chose qu'elle annonçait, la patronne eut le réflexe de couvrir d'un torchon propre la grande jatte qui contenait la préparation.

Il était trois heures du matin en dépit du morbier arrêté et du carillon westminster du vestibule dont le balancier hexagonal était aussi immobile. Tout le monde avait les yeux rouges car il faut veiller toute une nuit afin de préparer assez de ravioles pour satisfaire la gourmandise de soixante sexagénaires qui n'en mangent pas si souvent en d'autres temps et qui pourtant les aiment tant.

« Votre fils arrête l'heure ! »

Cette apostrophe, accompagnée du déplacement d'air que provoquait la grosse fille en surgissant, mit tout le monde au garde-à-vous.

Les trois marmitons qui transportaient un mètre carré de pâte translucide ratèrent le moule mais personne ne s'en aperçut.

« Que me chantes-tu là ? dit le patron.

— Vous voyez bien que le carillon est arrêté !

— Et alors ?

— Et alors venez voir ! »

Le patron était le seul à être sceptique, tant l'humanité a besoin de prodiges pour ne pas s'ennuyer. Tout le monde s'était rué dans l'escalier à la suite de la nourrice.

« Ariane, ma nièce, dit le patron qui s'essuyait les mains en montant derrière tout le monde, si tu nous contes des sornettes, je te fous mon pied quelque part ! »

Elle était déjà dans la chambre de l'enfant, déjà elle lui offrait le sein, déjà le bambin défaisait le zéro de ses doigts.

« Regardez dans le corridor ! » dit Ariane.

Le morbier s'était remis en action, à toute vitesse, les aiguilles des minutes trottaient comme des secondes, poursuivant le temps, le rattrapant et enfin se calmant, comme essoufflées.

Déjà la nourrice arrachait le sein à l'enfant qui hurlait, lui tendait son doigt à serrer. L'enfant s'endormait. La nourrice retirait son doigt, ceux de l'enfant faisaient le zéro.

« Regardez encore ! » dit Ariane.

Le balancier inerte du morbier cachait tout le hublot, révélant les superbes arabesques qu'on avait repoussées sur le cuivre étincelant.

Et, cinq fois devant tout le monde, Ariane recommença l'opération. Cinq fois elle présenta le sein au bébé alléché, cinq fois elle le lui retira. L'enfant hurlait de désir frustré. Les seins qui lui passaient ainsi sous le nez, avec leur odeur d'herbe fauchée, il les enregistrait pour plus tard quand il souffrirait de tant les aimer.

« Vains dieux de vains dieux, de vains dieux de vains dieux ! s'exclama le patron atterré. Il ne manquait plus que ça ! »

Le moment de ne rien comprendre était arrivé pour lui. Il jeta sur son épouse blonde un regard soupçonneux. Manifestement, il ne pensait pas pouvoir être le père d'un enfant qui faisait si bon marché du temps qui passe. Mais la bouche de cette mère était ouverte pour former le même zéro que les doigts refermés de son enfant. Manifestement elle ne pensait pas non plus être capable d'avoir engendré un tel prodige.

« Le premier qui parle de ça à n'importe qui, je lui fous mon pied quelque part ! » grommela le patron.

C'était un homme qui disposait d'un vocabulaire restreint que le désarroi ne contribuait pas à enrichir.

Il fallut bien reprendre la confection des ravioles, mais cette fois l'esprit ailleurs, de sorte que le lendemain, les sexagénaires les trouvèrent moins bons que d'habitude et qu'ils en firent l'aigre remarque.

Ce mécontentement de la clientèle n'était pas quelque chose à négliger et le patron du *Bord de route* alla voir ses parents à Tréminis pour les consulter.

« Fais-le savoir ! dit le père tout de suite. Ça fera ta fortune. Tu ne désempliras pas !

— C'est ça ! dit la mère. Et ce pauvre petit deviendra un tel objet de curiosité qu'il ne pourra plus se promener sans être reconnu. Et tu as pensé aux envieux qui n'ont jamais réussi à arrêter quoi que ce soit ? Ils vont lui rendre la vie impossible ! »

On fit venir un homme des bois qui avait réputation d'être ami avec les choses de la nature. Il vivait du côté des fonds de Sourdie, quelque part au plus obscur des sapinières qui couronnent Tréminis.

« Ma foi ! dit cet homme de bien. C'est la première fois que je vois ça ! Je ne suis sûr de rien, ajouta-t-il après avoir tourné dix fois autour du piano[1], mais si vous lui mettiez une paire de gants, la chair serait isolée et le sortilège ne passerait peut-être plus. Mais encore une fois je ne vous garantis rien ! »

La chose fut efficace tant que l'enfant fut en bas âge, encore qu'il eût réussi à mordre le bout du gant pour continuer tranquillement à se sucer le pouce. Mais il eut l'âge de raison et son père le fit asseoir devant lui avec solennité.

« Élie, lui dit-il, pour des motifs que je ne peux pas t'expliquer, tu ne dois jamais, mais tu entends, jamais ! faire ce geste-là. »

1. Piano : vaste fourneau de restaurant à grande capacité.

Et il dessina devant son fils ce rond si simple du zéro en chiffre qui dépeint si bien une affaire qui ne rapporte rien.

« Pourquoi ? demanda l'enfant.

— Parce que ! » dit le père comme tous les pères.

S'il avait fallu expliquer les conséquences désastreuses que ce symbole exprimait, un long préambule eût été nécessaire. Ce « parce que » péremptoire s'appuyant sur l'autorité paternelle mettait un terme au débat.

« Et d'ailleurs, dit le père pour souligner, si je te surprends en train de le faire, je te donne un coup de pied aux fesses ! »

Mais il advint que la nourrice, qui était aussi serveuse au restaurant, eut une altercation avec le patron Chaussegros et que celui-ci, ne se souvenant pas du secret qui les liait, la chassa d'un beau mouvement de la main, indiquant par là que c'était pour toujours.

Élie, insouciant, revenait de l'école un soir vers quatre heures. C'était l'époque des lilas en fleur. La servante Ariane s'embusqua dans un bosquet de ces fleurs odorantes, guettant les passage du garçon, qui, balin-ballant, la gibecière à l'épaule, s'avançait en dansant à cloche-pied un pas de marelle.

« Élie ! »

Il se retourna interdit. La vue de sa nourrice blonde encadrée de bouquets mauves le fit sourire.

« Viens un peu par ici ! » commanda-t-elle.

Elle l'entraîna vers l'église. La place et toutes les rues de Chichilianne étaient désertes. On entendait partout le bruit du travail : les tracteurs, les enclumes, les tronçonneuses au loin dans la forêt, les couvreurs qui coiffaient d'ardoises multicolores un pigeonnier qu'on allait inaugurer.

La perfide nourrice planta l'enfant bien droit face au clocher. Elle brandit devant elle sa main potelée qui désignait l'horloge, et son index recourbé vers son pouce fit le signe du zéro en chiffre.

« Fais ça ! commanda-t-elle.

— Non ! dit l'enfant. Mon père l'a défendu !

— Il t'a dit pourquoi ?

— Non ! Il m'a dit : "parce que..."

— Tu as l'âge de raison ! Tu dois savoir !

— Mon père m'a promis...

— Oui, moi aussi ! Il m'a promis la même chose si je remettais les pieds au *Bord de route*.

— Moi, dit l'enfant, je crains les coups de pied, alors j'obéis !

— Tu es un capon ! dit la servante. Un rien te retient ! Qu'est-ce que c'est qu'un coup de pied ?

— Non je suis pas un capon ! »

Ils frappaient tous les deux le pavé du parvis avec leurs talons ferrés.

« Chiche que je le fais !

— Chiche que tu le fais pas ! »

Alors l'enfant brandit vers l'église du village ce signe maléfique qui lui était interdit. Aussitôt on entendit dans le coffre du clocher ce bruit navrant d'un évier qui se débouche. C'était l'horloge qui hoquetait, qui râlait, qui expirait.

« Bon ! dit la servante. Regarde les aiguilles. Elles sont bien arrêtées ?

— Oui, dit l'enfant.

— Attends une minute ! C'est long une minute. Là ! Et maintenant desserre tes doigts ! Et regarde bien l'horloge ! Regarde bien les aiguilles !

— Oh vains dieux de vains dieux ! » proféra l'enfant qui ne maîtrisait encore que la moitié du vocabulaire de son père.

Tandis que la servante bien satisfaite allait cueillir une brassée de lilas, l'enfant n'en finissait pas de faire des zéros et de les défaire. L'horloge s'essoufflait à le suivre, à s'arrêter, à se remettre en marche.

Dans son échoppe près du four banal l'horloger n'en revenait pas.

« Allons bon ! s'exclamait-il. V'là que ça recommence ! »

Car il y avait des années à Chichilianne que le temps ne s'était plus arrêté.

D'abord, cette facétie du père Kronos ne s'exerça ici que pour des peccadilles. Ça s'était dit. L'enfant, féru de son originalité, n'avait pu s'empêcher de s'en ouvrir à quelques camarades, au détriment de l'horloge ronde qui sommait le pignon de l'école, partageant en deux l'espace entre les filles et les garçons.

C'était à la faveur de ces cartels que se lancent les écoliers pour un pied au mur, un saut en longueur, une pissade plus haute que celle d'autrui.

« T'es pas bon à faire ça ! »

Tant d'imbéciles, par ces défis stupides, ont noyé à leur suite tant d'êtres intelligents pour les avoir enfin ravalés à leur hauteur, que, pour une fois, si le jeu en valait la chandelle, il ne fallait pas en priver le monde.

Non : personne, à part Élie, n'était bon à faire

ça. Ils avaient beau, tous, s'y efforcer en formant des zéros de plus en plus parfaits, jamais même la moindre petite montre offerte pour la communion ne consentit à s'arrêter.

Élie avait fait promettre le secret aux initiés. Je t'en fiche !

Le soir, bien rassemblés à la lueur des lampes tamisées sous des abat-jour en perles, tandis que le vent de Lus-la-Croix-Haute soufflait dehors parmi les érables, un élève qui mangeait sa soupe furtivement profitait du brouhaha des cuillers heurtées pour murmurer :

« Y a le fils Chaussegros qui commande l'heure.

— Qui ? l'Élie ?

— Voui.

— Attends un peu ! Répète un peu ce que tu viens de dire ?

— Le fils Chaussegros arrête l'heure. »

La plupart du temps, l'enfant marmonnait la chose comme s'il avait fait pipi dans sa culotte et alors, si c'était celui d'une mère nerveuse, l'écolier incapable de garder un secret récoltait, pour commencer, une belle gifle savamment esquivée.

« Tiens ! Ça t'apprendra à dire des imbécillités plus grosses que toi ! »

Il récoltait aussi, venant de son père, la menace toujours vaine du coup de pied quelque part et le rire de dérision des frères et sœurs. Non décidément, sa nouvelle sensationnelle ne faisait pas recette.

Mais il y avait des parents et des frères et sœurs toujours prêts à accueillir n'importe quel prodige pour échapper à la monotonie des jours. Et alors ceux-ci disaient :

« Voï ! Fais-nous voir un peu comment il fait ! »

Et on les entraînait au coin de l'église pour leur montrer comment l'Élie Chaussegros maîtrisait la grosse horloge. Et ils en avaient pour toute une nuit à rêver tout éveillés.

Mais, dans l'ensemble, nous avons, en Trièves, pour en avoir tant vu et de toute sorte, un vaste pouvoir d'assimilation et le premier étonnement passé, nous prîmes la chose comme elle venait. D'autant que l'Élie n'avait pas une imagination débordante et que son pouvoir — d'abord — ne dépassa pas les capacités du cadran de l'horloge, à l'école.

C'était une école pimpante où seule une haie de rosiers séparait les garçons des filles. De sorte que ces dernières, vues à travers la profusion des fleurs, paraissaient toutes belles et tiraient le regard.

On était heureux dans cette école. On n'avait pas envie de grandir ni d'en savoir plus. Le drame, c'était qu'il y avait le vaste monde autour, plein d'énigmes captivantes. Et ces énigmes, c'était toujours entre sept et huit heures du matin qu'on pouvait le mieux les observer.

C'était entre sept et huit heures du matin, quand la terre mystérieuse est encore mal ressuyée de sa nuit, que le coq de bruyère, le jabot en avant et la queue en éventail, ose devant sa femelle la parade nuptiale. Et il y a toujours à plat ventre au bord du hallier trois gars en sarrau et brodequins cloutés qui apprennent à vivre devant cet étrange spectacle dont ils ne savent pas encore qu'un jour ils devront le répéter tant et tant de fois devant leur belle.

C'est entre sept et huit heures du matin que les têtards aux yeux énormes s'extraient de la vase pour accéder au soleil à travers l'eau des mares troubles et qu'on les pêche pour les enfermer dans des boîtes de petits pois ou de sardines afin de leur voir pousser des pattes de grenouilles. C'est entre sept et huit heures du matin que l'écureuil furtif, qui ne touche pas terre, s'assied à l'orée du bois sur son derrière pour décortiquer de ses petites mains les faines mûres des grands hêtres.

C'est à cette heure matinale qu'au bord de l'Ébron qui pianote son bruit de torrent sur les graviers qu'il a charriés, on a quelque chance de voir se soleiller une loutre sur un rocher ou quelque héron quillé sur une seule patte et qui n'arrête pas de se croire seul. Bref, tous ces spectacles passionnants qui sont foison en Trièves et que les grandes personnes ne savent même plus voir.

Et alors tout d'un coup on regarde sa montre affolé.

« Oh mâtin ! Oh vains dieux ! Il est déjà huit heures ! »

L'instit est à cheval sur l'horaire. Pour dix minutes de retard il parle d'école buissonnière, il colle au piquet, il menace les doigts d'une règle en fer, il devient affreux à regarder comme un Jugement dernier, il vous ferait prendre les études en grippe. Sa devise c'est : « L'avenir appartient à ceux qui se lèvent matin. » Il vient d'ailleurs d'ouvrir le journal du jour et d'y lire telles choses qui le maintiendront tout le jour en état d'indignation permanente. Alors... arriver à huit heures et dix, et quart, devant cet homme atrabilaire...

C'est pour éviter qu'il fût huit heures dix et que la cloche eût retenti bien avant que servit d'abord l'enfant du *Bord de route*. Les galopins retardataires le repéraient de loin. Il était toujours à cloche-pied, cherchant sur le sol une marelle imaginaire. Il était l'objet de sprints échevelés, de cent mètres où les records étaient battus.

« Élie ! Chaussegros ! Arrête un peu voir l'horloge de l'école ! »

Seigneur ! Il était huit heures cinq et il restait six cents mètres à faire jusqu'au portail de la communale dont deux cents mètres escarpés à vous couper le souffle.

« Chaussegros, vains dieux ! Tu l'arrêtes cette horloge ?

— Je l'arrête si je veux !

— Tu l'arrêtes ou je te file un coquard sur l'œil ! »

C'était le grand Ferrié qui parlait ainsi, un garçon qui croyait qu'avec un coup de poing on pouvait détourner le cours de l'Ébron.

« Ne le brusque pas ! disait le petit Brun.

— Élie ! Je te donnerai un sac de billes.

— Élie, je te donnerai une agate ! »

C'est le gros Migevan qui sauve la situation :

« Je dirai du bien de toi à la Juliette Surle ! »

Il a un gros visage mal modelé et patelin qui fait déjà adulte ce Migevan, on dirait du saindoux qui va fondre. Il sait déjà comment prendre les hommes même lorsqu'ils sont encore enfants. Il deviendra évêque ou député. En tout cas, il a mis en plein dans le mille et l'Élie Chaussegros est déjà en train d'élever son zéro vers la lointaine horloge gaiement blanche qui sépare l'école des filles de celle des garçons. Il s'amuse à élever son zéro à la hauteur du soleil, à encercler celui-ci les yeux fermés et les cils brûlants à force, même à travers les paupières closes, d'oser le regarder en face. On n'aura que cinq minutes de retard. Pour cinq minutes l'instit ne sortira pas la grosse artillerie punitive.

Voilà à quoi aurait pu se limiter, car nous sommes modestes, ce pouvoir écrasant dont Kronos avait chargé le petit Chaussegros : à éviter d'aller au piquet dès huit heures du matin.

Ainsi l'auberge aurait pu rester le seul refuge du bien-manger et du bien-boire et l'enfant aurait pu demeurer sans imagination si un jour...

Et puis un jour, un jour où il y avait peu de monde à l'hôtel sauf un vieux couple qui apparaissait parfois de loin en loin et qui, ce jour-là, se tendait les mains par-dessus la table avec un sourire très doux ; oui ce jour-là précisément, il vint un homme furtif, timide. Il équilibra sa bicyclette contre l'érable qui abritait le panneau de l'entrée et il ôta sa casquette tout de suite, non pas devant une personne mais déjà devant cette auberge prospère qui lui en imposait, de sorte qu'il se trouva devant le patron tête nue et déférent. Il annonça :

« Je suis le Calixte Baquier. C'est moi qui suis

régisseur au château. Vous ne m'avez jamais vu parce que l'auberge c'est trop cher pour moi mais je sais que vous êtes réputé...

— Le château comme vous dites ne vient jamais ici !

— Oui, dit l'homme, je sais. Ils sont végétariens. Il faut leur pardonner. »

Le patron hocha la tête.

« Quand on a un château, dit-il, il faut aider le commerce.

— Ils sont malheureux, dit l'homme. Et la dame est en train de mourir. Et justement à propos de ça... »

Il se dandinait d'un pied sur l'autre, il triturait son couvre-chef. Son regard traqué n'osait croiser celui du patron.

« J'ai entendu dire... »

Il fit un grand geste comme quelqu'un qui se jette à l'eau et poursuivit très vite.

« Il paraît que votre fils a un pouvoir...

— Qui vous a dit ça ?

— Mon petit, l'Antoine. Il paraît que quand ils sont en retard à l'école, votre fils à vous qui est la bonté même... »

Il avait pris la précaution de se poser en subalterne, en disant « mon petit », parlant de son rejeton et « votre fils » pour désigner celui de l'aubergiste. C'était un homme qui connaissait la vie.

« Oh ! dit le patron. Avec nous il n'est pas toujours bon ! C'est un capricieux.

— Enfin, murmura l'homme, à l'école il rend bien service quand il arrête l'heure de l'œil-de-bœuf.

— Je me demande, dit le patron, à quoi cette bagatelle pourrait bien vous servir.

— À la faire attendre, dit l'homme. Vous comprenez, il y a longtemps, très longtemps qu'elle est malade. Elle a la sclérose en plaques. Oh, elle lui cache tant qu'elle peut que ça s'aggrave. Son rêve, mais elle n'a pas pu tenir, ç'aurait été de mourir pendant l'une de ses grandes absences.

— Une grande absence de qui ?

— De lui, M. Sémiramis. C'est un navigateur. Mais elle n'a pas pu tenir. Maintenant elle l'appelle, maintenant elle veut qu'il soit là pour lui serrer la main quand elle passera. »

Le patron se caressait le menton comme s'il s'agissait d'une affaire d'argent. Il sentait qu'on allait le faire juge d'un cas pendable. Un de ces gestes qui engagent, dont il sera tenu compte sur la grande ardoise des examens de conscience.

« On lui a envoyé un télégramme quand on a compris que c'était la fin. Il a amarré son voilier hier au quai de Rive-Neuve. Il a pris le train pour Veynes et puis de là, si Dieu veut, il va prendre notre train à nous, le train vert, par Aspres-sur-Buëch et La Faurie-Montbrand. Si Dieu veut, il sera ici ce soir... Mais, ajouta l'homme en hochant la tête, si on laisse au temps la bride sur le cou, M. Sémiramis arrivera trop tard. »

L'hôtelier fit lentement le tour de l'homme planté sur le carreau entre les deux consoles qui ne servaient que pour les noces. Trois fois il fit le tour de l'homme.

« Vous savez que c'est déraisonnable ? dit-il à la fin. Et puis, vous croyez que c'est de gaieté de cœur qu'on peut montrer la mort à un enfant de dix ans ?

— Il ne la verra pas ! dit le nommé Baquier. Il suffira qu'il s'approche assez du château pour arrêter toutes les pendules. Il y en a dans tous les corridors et des pendulettes sur toutes les cheminées de marbre et le gros bourdon sur la gloriette du toit qui annonce jusqu'au quart d'heure. C'est intenable quand on attend ! Alors, si on pouvait faire seulement que les demies deviennent des heures...

— Oh ! dit le patron avec orgueil, mon fils peut faire beaucoup plus que ça ! Élie, viens ici ! » commanda-t-il.

Élie s'entraînait à aplatir les ravioles avec le

rouleau à pâtisserie de sa sœur. Il était en train de mirer un carré de pâte en l'élevant devant la lumière de la cuisine. Il avait les mains pleines de farine. Il accourut. Le patron s'agenouilla devant lui.

« Élie, lui dit-il, tu vas t'approcher de la mort pour la première fois. Ce sera pas une raison après pour t'en faire un péché d'orgueil devant tes camarades.

— Bien, papa, dit Élie.

— Prends ta bicyclette et accompagne le monsieur !

— Comment je pourrai vous rendre service ? dit Baquier.

— Oh, dit le patron, ne me remerciez pas ! Avec le bon Dieu, après, j'aurai besoin d'équilibrer mes comptes ! »

Et c'est ainsi que par ce beau temps, l'un pédalant ferme, l'autre prenant la roue, l'enfant et le régisseur s'élancèrent sur le grand chemin.

En Trièves, il n'y a jamais très loin d'un village à l'autre, à vol d'oiseau. C'est quand on avance, à pied ou à bicyclette, que c'est fastidieux. Il faut gagner le prochain clocher à force de vallons et de ponchons oblongs qui sont des prairies versantes de tous côtés.

Les vaches tintinnabulantes et les érables pourpres dont les samares dansent au vent sur les pacages, vous accompagnent bien un peu mais c'est de loin, mais c'est fallacieux. Les ruisseaux profonds coulent sous la voûte touffue des halliers serrés. On les entend à peine.

Cependant la promenade était belle au côté de cet homme à bicyclette qui sentait la sueur du travail, et les chemins autour de Chichilianne étaient coupés de traverses ombreuses qui invitaient à les suivre.

Néanmoins la route était plus longue qu'il y avait paru et l'enfant tirait la langue derrière l'homme. Celui-ci comprit qu'il fallait parler pour raccourcir le chemin.

« Tu sais comment ils se sont rencontrés ? dit-il.

— Qui ? demanda l'enfant.

— Jolaine et François.

— C'est qui Jolaine et François ?

— Ceux que tu vas aider à se revoir. C'était à la foire de Mens voici bien longtemps, parmi la poussière du charroi et les hennissements des chevaux. Ils avaient seize ans. Ils ont dansé. Ils se sont dit leurs prénoms. Ils se sont demandé ce que faisaient leurs parents. "Oiseleur" a dit François tout de suite. Jolaine a eu un haut-le-corps.

« "Comment ça oiseleur ? Vous voulez dire qu'ils tiennent des oiseaux captifs ?

56

« — Oui, a dit François. Ils sont en train de faire fortune au quai de la Tournelle à Paris, parmi tant d'autres. Ils font tout ! Les oiseaux, les volières, les cages... ils sont aussi plumassiers !

« — Les cages ! " a souligné Jolaine avec mépris.

« — Elle ne dansait plus avec lui qu'à distance. Elle le regardait des pieds à la tête. Il ne lui plaisait plus. Et lui qui vivait depuis sa naissance au milieu des oiseaux captifs, il ne faisait pas attention à ce changement. Quand on aime, on croit toujours que l'autre vous aime aussi...

— Qu'est-ce que c'est aimer ? » interrogea l'enfant.

L'homme lâcha le guidon pour faire un grand geste d'ignorance.

« Je me le demande depuis toujours ! dit-il. Mais ne m'interromps pas tout le temps ! Et alors, François, notre maître, il a demandé à Jolaine : "Et les vôtres de parents, que font-ils ?

« — Mon père vend de l'eau, a dit Jolaine avec orgueil.

« — Comment ça, il vend de l'eau ?

« — Oui. Nous avons une grosse source sur notre terre. Mon père l'a fait analyser et il a eu l'idée, puisque l'eau commence à manquer un peu partout, de la commercialiser.

« — Mais l'eau, a dit notre maître interloqué, c'est libre et c'est gratuit !

« — Pas quand on la met en bouteille ! a dit Jolaine avec un sourire d'initié. En bouteilles, ça évite d'aller la puiser à la fontaine. Ça fait plus propre ! "

« Notre maître n'écoutait pas ce que lui disait Jolaine. Il était enchaîné par son regard. Il lui disait de tout son être et sans paroles qu'il l'aimait. Il était prêt à aider son futur beau-père à vendre de l'eau.

« Ainsi, par amour, notre maître se soumit à l'idée de sa bien-aimée : qu'il était criminel de mettre des oiseaux en cage pour en fournir les amateurs et qu'il était en revanche légitime d'embouteiller de l'eau libre pour la vendre à ses semblables assoiffés. Et, grâce à cette adhésion de l'un aux critères de l'autre, ce fut un mariage heureux.

« Il l'aimait plus qu'elle ne l'aimait, c'est toujours ainsi dans les couples. Mais finalement elle s'était habituée à lui. Elle avait oublié, avec un soupir, les soupirants qu'elle lui préférait. Mais je te dirai tout à l'heure à quel prix... »

Le régisseur s'interrompit, étendit le bras devant l'enfant, et lui dit :

« Tu vois, c'est là-haut ! »

Il désignait un vaste coteau en éventail qui

présentait tous ses flancs au bon soleil. Il y a des coteaux heureux et celui-ci en était un.

Et sur ce présentoir, comme en un écrin, scintillait un ensemble étrange qui tenait à la fois de la citadelle et du manoir. Ce n'était pas un château. C'était une énorme ferme qui ressemblait assez à une caserne avec sa quantité d'entrées, de fenêtres et de portes cochères pour les cavaliers et les attelages.

Depuis longtemps, on n'utilisait plus qu'à peine le quart de la surface habitable et nul ne se souvenait plus pourquoi et sur l'ordre de qui on avait fait construire cette immensité bien propre, l'hiver, à faire fuir ceux qui n'avaient pas l'âme sereine.

Flanquant un peu plus bas la ferme, deux tours cubiques à la grenobloise que couvraient des toits à quatre pentes en ardoises jaunes et vertes conféraient au domaine un aspect bon plaisir.

Sur l'éventail du coteau, l'ensemble était exposé aux intempéries sans aucune protection, comme en un défi. L'orée prochaine de la forêt soulignait de très loin les murs et les toitures. Seuls des guérets et des prairies les couronnaient de vert.

Tel quel le domaine de la Commanderie avait vue sur tout le Trièves, de l'Obiou au mont Aiguille et tout le Trièves le voyait.

« N'aie pas peur, dit le régisseur à l'enfant. Même la foudre n'a jamais osé tomber ici ! »

Ils avaient mis pied à terre. La côte du chemin était trop raide. La voie, ravinée par les roues des véhicules, n'était pas praticable.

Ils se trouvèrent devant une grande porte qui épousait les contours d'une voûte, sous l'une des tours dauphinoises. Il y avait un grand carillon dans un clocheton qui sommait la tour.

« Il annonçait les morts autrefois, dit le régisseur, quand le domaine était un couvent. Maintenant, il est réglé pour retentir tous les quarts d'heure. Et il fait toujours un bruit de glas !

— Attendez ! dit l'enfant. Je vais commencer par lui. »

Il éleva ses doigts en zéro vers le carillon et ne les disjoignit plus.

« Tous les mouvements d'horlogerie vont s'arrêter à mesure que je m'avancerai, dit-il. Votre patronne va se trouver dans un grand espace sans heures. Elle aura beau guetter, tant que je ne desserrerai pas les doigts elle ne saura plus dans quel temps elle est ! »

Le régisseur frissonna.

« De quel diable tiens-tu cela ? dit-il.

— Je ne sais pas, dit l'enfant. Je le tiens, c'est tout. »

Le régisseur avait repoussé un portillon dans la porte voûtée. Une galerie très longue et mal éclairée s'étendait devant eux. C'était une ancienne écurie aux stalles dorées. Un remugle de crottin y stagnait encore.

Mais sous cette odeur presque disparue en régnait une autre plus présente et plus précise. L'enfant connaissait bien cette odeur : c'était celle du poulailler quand sa mère l'envoyait dénicher les œufs et que son intrusion provoquait, en un grand ébrouement, le chant panique de cinq ou six poules qui venaient de pondre. C'était une odeur plumassière et de duvet qui régnait sur cette grande écurie.

Alors, ses yeux s'habituant à la pénombre, l'enfant découvrit dans ce qui avait été les stalles d'une écurie de luxe un étrange bric-à-brac, entassé, enlisé dans la poussière, brillant parfois d'un éclat mordoré.

C'étaient, embusquées dans la pénombre, des cages d'or, des cages de cuivre, des cages offertes avec leur pensionnaire pour des anniversaires ou des fêtes carillonnées ; des cages qui étaient des aveux d'amour ; des cages qui avaient été des cadeaux d'adieu ; des cages naïves pour des Mimi-Pinson d'un autre siècle ; des cages toutes pimpantes encore d'avoir été exposées en ces appartements de luxe où pénètrent à flot l'air et la lumière ; des cages dont s'étaient approchées des lèvres gourmandes qui esquissaient la moue du baiser pour quelque canari, lequel s'égosillait de douleur quand on croyait naïvement qu'il chantait sa joie de vivre.

Toutes ces cages étaient vides, portes battantes, leur entassement montait jusqu'aux voûtes de cette écurie géante.

L'homme marchait rapidement devant l'enfant comme s'il avait voulu lui interdire de méditer sur les barreaux de ces prisons. Mais l'enfant au contraire, tout en n'oubliant pas de bien serrer le zéro de ses deux doigts rejoints, l'enfant s'attardait, fasciné par le mystère muet que ces pyramides lui suggéraient.

Ils atteignaient le fond de l'écurie souterraine. Là-bas un escalier de marbre en colimaçon était fastueux, comme flambant neuf malgré ses quatre cents ans d'existence, témoin d'une époque où quarante chevaux dans une écurie étaient le signe le plus démonstratif de la richesse ostentatoire.

« J'aurais pu, dit le régisseur en s'engageant dans l'escalier, arrêter moi-même certaines pendules, sauf le beffroi, qu'on n'atteint que par une échelle, et j'ai des douleurs qui m'interdisent cet exercice. Mais il y en a trois dans sa chambre, une comtoise et deux pendulettes qu'elle regarde tout le temps. Je n'aurais pas pu agir sans qu'elle s'en aperçût. Et dans les corridors, quatre ou cinq horloges sont cadenassées et le maître en emporte les clés. »

Il fit un grand geste des bras.

« C'est la tradition, dit-il. Les grands-parents de monsieur le vicomte en usaient déjà de même. »

Il poussait au sommet des marches le battant d'une porte feutrée, laquelle en s'écartant faisait entendre un bruit de coffret qu'on entrouvre.

Un corridor long de quinze mètres s'allongeait en perspective sur les losanges rouges de ses carreaux. De loin en loin quelques commodes cossues contre les murs se reflétaient sur les lattes cirées du parquet. Dans la pénombre de rideaux qui, devant les fenêtres, atténuaient la lumière du jour, trois grands morbiers noirs, distants de cinq mètres les uns des autres, étaient embusqués. Sitôt que l'enfant avait mis le pied dans le corridor, les balanciers de deux d'entre eux étaient déjà immobiles mais le troisième battait encore le tic-tac de ses secondes avec beaucoup d'application et, comme la petite aiguille atteignait le chiffre quatre, elle se mit à assener quatre coups d'une voix grave d'horloge qui connaît son chemin, qui ne comprend pas ce qui est irrationnel et qui s'obstine à ne pas s'apercevoir que le temps a un maître.

L'enfant s'était immobilisé devant elle et il la regardait comme une ennemie, le sourcil courroucé.

« Rien à faire, semblait dire la pendule, je ne me prêterai pas à cette supercherie ! »

Alors l'enfant balança un coup de pied à l'horloge récalcitrante. Il lui sembla entendre un gémissement. Le balancier tremblant oscilla encore quelques secondes, puis s'arrêta pour toujours. Car, contrairement aux autres mouvements d'horlogerie qui se remettaient en marche sitôt que l'enfant dénouait ses doigts refermés, celle du corridor à la Commanderie demeura inerte pour l'éternité. Et l'horloger de Saint-Baudille eut beau l'enlever sur son épaule comme une raide jeune fille, il dut la rapporter tout penaud en confessant son ignorance. Il y a des mystères ainsi qui refusent de se laisser percer.

On sut plus tard, bien plus tard, que cette horloge du Queyras avait été autrefois consacrée telle une cloche, du côté d'Abriès ou d'Aiguille, qu'elle portait à l'envers du balancier une minuscule croix chrétienne et qu'elle avait vécu quelques siècles au pied de l'escalier chez des gens bien méritants qui avaient la foi du charbonnier et ne comptaient pas sur le temps qui passe et qui donnaient une assiette de soupe à tous ceux qui quémandaient devant leur maison.

Il advint aussi que, tant que l'enfant demeura un être, il n'oublia jamais ni jour ni nuit le faible gémissement qu'avait émis cette l'horloge lorsqu'il lui avait donné ce grand coup de pied et que son bonheur en fut pour toujours obscurci.

Mais cependant, le régisseur entraînait l'enfant le long du corridor qui respirait la cire ancienne et la vieille lavande. Tout ce qu'on devinait de l'immensité des lieux, en dépit de l'instant solennel où une mort était annoncée, recelait la paix d'un bonheur tranquille. Il y avait fort longtemps que ces lieux n'avaient plus connu de tragédies. Et il était péché d'arrêter ces horloges qui ne comptaient que les instants de joie. Mais il y en avait encore deux à immobiliser, ce dont l'enfant s'acquitta parfaitement.

« Marche sur la pointe des pieds, dit le régisseur. Elle a l'oreille fine. La moindre anomalie la tient en éveil. »

Il posait la main sur une cadole inscrite au centre d'une porte à papier peint dont le motif se répétait le long du corridor, fleuri de paysages paisibles où les saules pleuraient sur des étangs rêveurs.

« Mais, dit l'enfant, je croyais que je ne verrais pas la mort ?

— Te sens-tu de taille à arrêter l'heure à travers les murailles ?

— Je ne sais pas, dit l'enfant. Je n'ai jamais essayé.

— Tu vois les deux pendulettes, l'une sur la crédence, l'autre sous le portrait d'ancêtre et l'horloge que son père lui a offerte avec son coffre de mariage ? Elle est juste sous sa vue, dans les plis du baldaquin. Tu vois bien qu'il faut que tu entres.

— Soit, dit l'enfant. Mais vous ne le direz pas à mon père. »

La porte aux gonds bien huilés s'ouvrit en silence. Le régisseur courbé en signe d'obéissance s'approchait d'un lit à baldaquin autour duquel trois saintes femmes déjà vieilles veillaient au chevet d'une forme blonde qui se distinguait à peine parmi l'opulente literie. Elle était blafarde cette forme, bien assise sur son séant comme un automate et toute blanche de chair et de vêture.

Le régisseur, casquette basse, s'inclinait devant l'apparition.

« Madame, annonça-t-il, monsieur est là qui ne va point trop tarder.

— Mais où est-il ? demanda la dame alitée.

— Plus très loin ! dit le régisseur. Et vous verrez qu'il est plus tôt que vous ne pensez. »

Il couvrait de son corps la présence de l'enfant, qui repérait les pendulettes sur les consoles.

L'une était parfaitement dorée. C'était une Diane chasseresse en vêtement court et qui visait de son arc tendu le cadran où s'avançaient les aiguilles. L'autre était sommée d'un ange lyrique qui soufflait dans une longue trompette en direction des heures. L'enfant n'eut aucune peine à les immobiliser l'une et l'autre.

Restait le morbier embusqué à la tête du lit sous le reps du baldaquin et qui grondait doucement les minutes dont il rendait la fuite inexorable. On sentait bien, à voir l'inclinaison de sa tête, que c'était à celui-ci surtout que la malade était attentive. C'était une élégante horloge du XVIIIᵉ siècle qui paraissait neuve tant elle était claire. Son balancier en faïence étoilée était peint d'une bergerie. Elle obéit docilement à l'injonction du geste chez l'enfant. C'était la dernière barrière qui séparait le monde de l'attente où vivait la moribonde du monde réel où son mari accourait vers elle.

Le temps, à la Commanderie, s'était arrêté de battre.

« Quelle heure est-il ? demanda la moribonde.

— Il est quatre heures de relevées, madame. Le train va arriver en gare de Clelles. Votre mari sera là d'un instant à l'autre.

— Vous croyez, demanda la malade, que je pourrai attendre encore cet instant ? »

Les trois saintes femmes avaient abandonné leurs ouvrages de dame sur la paille de leur chaise. Elles s'étaient agenouillées autour du lit et elles disaient :

« Mais oui, madame, vous pourrez ! Nous allons bien prier pour que vous puissiez.

— Mon Dieu ! J'ai tant envie de le revoir ! »

L'enfant s'était agenouillé aussi mais face à la porte. Le spectacle blafard de cette femme encore jolie qui attendait à la fois son amour et la mort était trop important pour ses dix ans.

Le régisseur s'était prosterné à côté de l'enfant et il disait :

« Tu sais, à chaque minute qui passe depuis le matin elle dit : "Oh, mon Dieu ! Encore une minute s'il vous plaît ! Il va bientôt venir !" C'est une pitié de la voir lutter, si faible, contre une force si écrasante ! »

C'est à cet instant que le maître arriva. C'était un bel homme sans âge. Ses cheveux n'étaient ni blancs ni gris, ses yeux n'étaient ni bleus ni verts. Il portait avec aisance une cape de bure sur un costume de velours sombre. Ses pieds silencieux étaient chaussés de longs mowglis du Tibet aux pointes recourbées. On sentait très bien que son cœur et son corps étaient chargés de tristesse jusqu'à plus soif et qu'il expiait depuis longtemps le malheur d'aimer. Il traînait après soi un grand souffle salé. L'enfant vit tout de suite que c'était un poète et qu'il devait souffrir plus que tout le monde.

La porte qu'il venait d'ouvrir n'était pas assez large pour lui et son chargement car il était encombré de trois ou quatre grandes cages et il en portait deux aussi arrimées sur ses épaules.

« Excusez-moi, Jolaine, dit-il tout de suite, si je viens si tard, mais c'est pour l'amour de vous ! Il fait froid de bonne heure cette année. Les grives sont descendues partout sur la Provence. J'ai dû rameuter en hâte mes rabatteurs pour qu'ils fassent main basse sur les appelants. Vous savez, ces oiseaux captifs que l'on fait chanter pour appeler ceux qui sont encore en vie... J'ai dû moi-même mettre la main à la pâte, ce qui vous explique combien me voici encombré ! »

Il mit bas son fardeau et, tourné vers le régisseur, il lui dit :

« Tenez, Calixte ! Débarrassez-moi de ces prisons, elles m'écœurent ! J'ai essuyé trois coups de fusil de gens qui se croyaient bien tranquilles derrière leurs espères, mais pour l'heure, me voici sain et sauf ! »

En même temps qu'il disait, il allait vers le lit en un élan irrésistible.

Jolaine Sémiramis était bien droite sur son séant. Elle n'était plus qu'un visage. La maladie lui avait cadenassé tout le corps, interdisant le mouvement.

On l'avait appelée Jolaine par caprice. C'était un prénom qui n'existait pas. Il venait de marjolaine, une plante modeste qui n'intéressait que les cuisinières.

On ne sut jamais si le temps s'était arrêté aussi dans le cœur de Jolaine mais quand François atteignit le lit, sa femme était encore en vie et elle lui dédia un beau sourire de soleil levant pour l'accueillir, de sorte qu'il ne la vit jamais plus morte dans son souvenir.

Elle mourut presque tout de suite croyant le serrer dans ses bras qu'elle lui tendait sans force. Il lui ferma les yeux, ses beaux yeux.

« Excusez-moi, dit l'enfant, je n'ai pas pu le retenir plus longtemps.

— Quoi donc ? murmura le maître qui pleurait.

— Le temps... », dit l'enfant.

Les larmes perlaient au bord de ses cils et c'était la première fois de sa vie qu'il en sentait l'amertume.

Le régisseur mit un doigt sur ses lèvres et fit signe à l'enfant de le suivre. Le beffroi dans la tour dauphinoise sonnait le glas solennel qu'il assenait toutes les heures sur la Commanderie. L'enfant, en disjoignant ses doigts, avait permis au temps de reprendre son cours.

« Pendant qu'il pleure, dit l'homme à l'enfant, je vais te raconter son histoire. »

Il ouvrit une grande porte-fenêtre qui donnait droit sur le ciel bleu.

La tristesse du moment se sublimait très vite dans l'allégresse de l'air. À cent mètres de la maison mortuaire, elle n'était déjà plus qu'un souvenir pour le monde oublieux.

La terrasse qu'avait laissé pressentir la balustrade était là devant presque à perte de vue, chaussée de dalles bombées qui rendaient solennelle son immensité.

« Tu vois, dit le régisseur, cette terrasse, autrefois, elle était pleine d'oiseaux captifs. La mère de François Sémiramis était née parmi les oiseaux au quai de la Tournelle à Paris et elle prétendait les aimer.

« Elle avait fait fortune dans le commerce des oiseaux exotiques, oiseaux de paradis, toucans, bengalis, veuves, oiseaux des îles, ceux qui passent dans un ciel sans oiseaux, ceux qui trépassent dans les cales des navires et qui n'ont plus de couleurs une fois morts ; aras bleus, aras rouges qui ne cessent jamais ni d'être rutilants ni d'être comiques dans leur plus profonde détresse d'oiseaux captifs.

— Vous aimez les oiseaux ? interrompit l'enfant.

— Toute mon enfance, dit le régisseur, j'ai vécu dans la malédiction de leurs cris. Tous ceux qui venaient voir la mère de François s'extasiaient devant la beauté de leurs chants. Un jour, je me suis fait tancer par mon père qui conduisait les visiteurs. Il y avait une grande femme qui portait pour cinq cents francs de plumes sur le chapeau. J'avais sept ans. Elle se pâmait d'aise en écoutant la complainte déchirante d'un simple canari du Hartz.

« Je me suis jeté dans ses jupes et je lui ai crié : "Mais vous ne comprenez pas, madame, qu'il chante parce qu'il souffre ?" Tout le monde s'est récrié, tout le monde m'a regardé l'œil mauvais. Mon père m'a tiré par l'oreille jusqu'à la soupente où nous couchions. J'ai eu la visite de la mère de François. C'était une femme petite, à lorgnon, glaciale et muette. Je ne l'ai entendue parler qu'en cette occasion ; posément, sans élever le ton, elle a dit à mon père :

« "Je suis contente de vous, Julien, mais si votre fils se permettait une autre incartade de ce genre, je me verrais contrainte de chercher un autre régisseur."

« Et elle a tourné le dos sans me regarder. Je l'avais en horreur. Elle ressemblait à l'un de ces oiseaux qu'elle prétendait tant aimer. Tous les matins elle faisait le tour des volières, elle faisait des minauderies aux colibris qui voletaient (c'était la seule chose qu'ils savaient faire) autour des fleurs tropicales vénéneuses dont ils aspiraient le nectar. Et alors, tout d'un coup, il s'élevait de leur boule de plumes grosse comme un dé à coudre trois notes de musique limpides comme du cristal. C'était la seule fois de la journée où ils chantaient. J'en avais le cœur en lambeaux.

« Mais là où cette femme de mal s'arrêtait avec le plus d'intérêt c'était devant la cage des aigles. Ils étaient quatre, perchés sur des barreaux. La hauteur de leur prison ne dépassait pas huit mètres. Ils n'avaient même pas de quoi déployer leur essor. Si tu avais pu voir leur regard ! Elle les nourrissait elle-même de viande avariée. Ils étaient devenus énormes, obèses !

« Mais cette femme étrange, chaque matin, ne se contentait pas de visiter ses oiseaux. Même les matins d'hiver elle se faisait conduire la lampe haute par mon père vers ses trésors. C'était en bas, dans ces écuries que nous avons traversées tout à l'heure et qui maintenant regorgent de cages de toute sorte.

« Alors, c'étaient des plumes. Il y avait des plumes suspendues à des ficelles sur toute la longueur des stalles. Des plumes qui n'arrêtaient pas de jouer dans les courants d'air, des plumes couleur de soleil levant, couleur de soleil couchant, des plumes qui ne cessaient pas de parler des oiseaux auxquels elles avaient été arrachées.

« C'était la mode à cette époque où les dames pensaient que leur propre personne ne suffisait pas à les signaler à l'attention générale, alors elle leur ajoutait des plumes. Il n'y avait pas que les dames, d'ailleurs. En 1908, la mère de François avait obtenu l'exclusivité de fourniture pour le shako des saint-cyriens. En six ans il n'y eut plus un seul casoar de Bennett par toute l'Australie ! Et puis il y a eu la guerre de 14. Les saint-cyriens en gants blancs, pantalon rouge, le casoar provocant, sont tombés par milliers à la tête de leur troupe, enterrés morts par les obus. Le casoar est devenu hors de prix. La patronne donnait cinq francs par plumet à tout homme qui ayant déterré un saint-cyrien en rapporterait le casoar... »

Le régisseur se tut, hors d'haleine. La femme disparue depuis longtemps était maintenant debout devant lui, l'enfant pouvait l'admirer dans toute sa splendeur.

« T'ai-je bien fait comprendre, dit-il, ce qu'elle était, la mère de François ?

— Oui, dit l'enfant, je la vois.

— Ne la perds pas de vue ! Ce portrait va te servir pour comprendre la suite !

— Et François ? dit l'enfant.

— Attends, comme tu vois, jusqu'ici, il y avait eu des guerres pour venger les oiseaux mais, à force d'industrie et tant bien que mal, l'homme avait colmaté les guerres principales, de sorte qu'il ne restait, pour avoir pitié d'eux, que quelques âmes timides qui avaient le privilège d'entendre pleurer le monde. »

Le régisseur se tut à nouveau. Il prit le temps de faire aller son regard de l'Obiou au mont Aiguille qui encadraient l'horizon.

« François entendait pleurer le monde, dit-il, et c'est pour ça que je l'aime. »

Il fit silence quelques secondes.

« Et alors, poursuivit-il, à la foire de Mens, il a rencontré cette héritière dont le père vendait de l'eau. C'était l'automne, quand il voulait l'entraîner sous les halliers roux, elle lui disait : "Non, ce n'est pas possible ! Je te vois toujours entouré d'oiseaux captifs ! "

« Tu sais, notre maître n'est devenu ce qu'il est qu'à partir de trente ans. Avant il était mièvre, quelconque de visage, avec une voix criarde. C'est la douleur qui l'a rendu beau. La fille du marchand d'eau n'en voulait pas non plus. Mais son père s'était aperçu que François était entiché d'elle et il lui avait dit : "Celui-là, tu ne dois pas le laisser échapper. Il a du bien !"

« C'était une fille obéissante. Elle commença à faire attention à lui. Mais dès qu'il essayait de l'embrasser, elle voyait cette armée d'oiseaux captifs ou morts autour de lui ; ces plumes arrachées sur des oiseaux vivants ou à peine morts. Et c'était plus fort qu'elle, elle le repoussait.

« J'avais seize ans moi aussi. Je voyais François dépérir. C'était un homme, comment te dire, qui au milieu de nos montagnes n'aimait finalement que la mer. Au début de notre vie, nous allions ensemble à bicyclette à l'école du Monestier-de-

Clermont et alors le soir, quand nous revenions, les soirs d'hiver surtout, à partir de Roissard, nous avions le mont Aiguille qui paraissait foncer littéralement sur nous. C'était, c'est toujours, une montagne en forme d'étrave. Moi, ça ne me faisait rien, je n'ai pas d'imagination, mais François, lui, il freinait, il s'arrêtait, il mettait pied à terre. Il me criait :

« "Regarde !"

« L'immobile avancée de cette proue qui fendait la terre et le ciel l'avait électrisé. Il croyait l'entendre repousser devant elle l'océan des montagnes. Tous les jours, avec son cartable qui lui battait les épaules, il passait devant cet étrange point de vue : les arbres feuillus, les croupes rondes des crêtes qui ondulaient paisiblement et soudain, au-dessus, ce soc gigantesque fait pour labourer les vallées plutôt que la mer et dont on se demandait pourquoi il demeurait si prodigieusement immobile. C'est à cause du mont Aiguille que l'idée d'autres océans que ces montagnes figées ne le quitta plus.

« Sa mère l'encourageait tant qu'elle pouvait dans cette voie. Elle lui offrait des portulans, des sextants, des astrolabes ; d'une des tours dauphinoises elle avait fait la cabine d'un vrai capitaine au long cours, ce qu'il est devenu finalement.

— Mais pourquoi sa mère le poussait-elle ?

— Ah, pourquoi ! Elle possédait un trois-mâts paré de voiles comme une mariée, élancé comme un cheval de course et qui faisait l'admiration de tout le monde quand on le voyait amarré au quai de Rive-Neuve. »

Le régisseur se tut une minute et reprit à voix basse.

« Et pourtant ce n'était qu'un cercueil pour oiseaux.

— Un cercueil pour oiseaux ?

— Oui. Quand il quittait le quai de Rive-Neuve ce bateau, c'était pour aller faire la collecte à Panama, aux îles Sous-le-Vent, à Surabaya, à Valparaiso, est-ce que je sais ? Là-bas, il y avait des gens du pays qui vendaient pour cent francs des brassées entières d'oiseaux captifs chatoyants dans leurs cages et qui ici vaudraient mille francs pièce ! On remplissait les cales, la cambuse de l'équipage, la chambre du capitaine, partout où il y avait la place de les garder captifs. Il en mourait la moitié en route. N'importe ! Il en restait assez pour faire fortune.

— Arrêtez ! dit l'enfant. Je regrette ce que j'ai fait pour ce François ! Je regrette de l'avoir aidé à revoir sa femme !

— Attends ! dit le régisseur en levant la main. François, lui, à part de regarder le mont Aiguille et de penser à la mer, il n'y était pour rien dans les affaires de sa mère. La preuve… Tu vas voir ! Elle avait des capitaines sans foi ni loi ; ceux qui avaient l'une et l'autre, ils refusaient avec répugnance le pont d'or qu'elle leur offrait. Ceux qu'elle trouvait étaient des forbans. Ils la volaient. Elle le savait. C'est pour ça que ça lui faisait tant plaisir que François aime la mer. Ça lui économiserait un capitaine ! »

Le régisseur fit encore une pause, plus longue que les précédentes, puis il dit :

« Tu la vois toujours la mère de François ? »

Le garçon branla du chef sans répondre. Il voyait en réalité le trois-mâts aux voiles blanches.

Le régisseur montra du doigt l'immense terrasse aux dalles bombées.

« Maintenant, dit-il, tu la contemples dans toute son étendue, cette terrasse, mais alors, ce n'était qu'un ensemble de grandes volières chauffées ! Et puis des cages forgées par des artisans du pays pour les grands oiseaux robustes. C'était une forêt de chaînes, de grilles, de barreaux. À travers, on ne voyait plus le mont Aiguille ni l'Obiou. Et il y avait cette femme, là, sans bruit, qui souriait à tous les oiseaux, qui les traitait comme s'ils avaient été libres, d'égal à égal !

« Et il y avait cette fille de marchand d'eau là-bas qui disait non et non et non ! Et tout le

monde sait bien que lorsqu'on dit non à un garçon, il vous aime de plus en plus !

— Pourquoi ? demanda l'enfant.

— Parce que c'est comme ça ! C'est la nature.
Va donc essayer, toi, de comprendre quelque
chose à la nature !

« C'est à cette époque-là que la sclérose en
plaques s'est attaquée à Jolaine, la fille aux yeux
bleus. Tu sais, cette maladie, au début on ne fait
pas attention, ça vient à la sournoise, elle est
insignifiante au début : un fourmillement dans
le pied, une ankylose des doigts et parfois une
main de fer qui vous tenaille les reins. Le père
pressait parce qu'il savait que dans quelques
mois, dans un an ou deux, sa fille ne serait plus
plaçable. Et François qui savait aussi, j'étais son
confident, il me disait : "Bientôt elle sera obligée de dire oui, mais ce ne sera plus de son
plein gré, il faut que je lui arrache son *oui* avant
qu'il ne soit plus volontaire ! "

« Et alors, une nuit, je dormais dans ma soupente, je sens qu'on me secoue l'épaule. Je sens
qu'on me place quelque chose de froid entre les
mains, j'entends une voix qui me dit : "Viens !" et
qui répète "Viens ! Lève-toi !"

« C'était lourd ce qu'on m'avait placé entre
les mains. C'était un outil. Il faisait nuit noire.
Je ne pouvais faire confiance qu'à la voix qui me

guidait. Je savais que c'était celle de François. Il me dit encore : "Viens ! On va faire un malheur !" Alors il me traîne vers cette porte-là, cette grande porte vitrée. Là, il régnait un clair de lune qui faisait scintiller toutes les volières comme de l'eau. Le mont Aiguille était de toute beauté.

« J'ai pu voir l'outil dont il m'avait chargé. C'était une cisaille à couper les barbelés qui servait lorsqu'on voulait modifier le pacage des vaches.

« "Viens ! m'a dit François. Voilà ce que tu vas faire : toi tu prends la rangée de gauche et moi celle de droite ! Et tu cisailles tous les cadenas ! Tu entends ? Tous ! Et tu ouvres toutes les portes ! Tu entends ? Toutes ! Et si tu trouves que c'est pas assez, tu découpes tous les grillages ! Il faut qu'ils sachent bien qu'ils peuvent sortir ! Il faut qu'ils le sachent tous !"

« J'ai dit : "Non ! Elle va nous foutre à la porte ! On va être au trimard ! Mon père, ma mère et mes deux frères !"

« Alors il m'a dit entre ses dents : "Si elle est ce que je crois, ça n'arrivera pas !"

« Il était déjà dans l'allée en train de casser. J'entendais sauter les cadenas, les portes s'ouvrir, les grillages craquer. Je ne pouvais pas rester en arrière car j'entendais aussi la complainte continue de milliers d'oiseaux qui rêvaient qu'ils chantaient encore dans les forêts vierges. Ça faisait ce petit bruit, ce tout petit bruit qui échappe aux jeunes enfants quand ils rêvent tout haut, la nuit, le bonheur qu'ils éprouvent dans la journée. Non ! Je ne pouvais pas rester en arrière ! »

L'enfant regardait le régisseur, cet homme grand et fort, un peu courbé par l'habitude de la soumission et qui parlait en sourdine de ces choses sacrées que sont la douleur et le regret.

« Je me voyais déjà, poursuivit cet homme, sur le trimard de la grand-route, avec mon père, ma mère, mes deux frères, avec nos balluchons au bout d'une perche et nos chaussures déjà plus si neuves...

« Nous avons cassé de la cage à oiseaux toute la nuit, François et moi ; lui avec des cris de joie, moi en claquant des dents. Nous entendions le son soyeux, furtif, des petits oiseaux dont les prisons n'existaient plus mais que la nuit encore retenait prisonniers.

« Ce qui nous a donné le plus de tintouin ce fut la cage des grands aigles. Elle était faite de barreaux et de verrous et je comprenais pour-quoi. C'était devant eux que la patronne s'attar-dait le plus longtemps et pour quoi elle tenait à ce qu'ils viennent lui manger dans la main. L'orgueil abattu était son comble du bonheur.

« François était allé chercher une masse, des ciseaux à froid, est-ce que je sais... Il a descellé les colonnes de fer qui s'enfonçaient dans la terrasse. Chaque fois qu'il en arrachait une il poussait un cri de victoire. Je crois que, même, il avait oublié la fille.

« Dès que les aigles aux aguets ont compris qu'il n'y avait plus rien entre eux et la liberté, ils n'ont pas attendu le jour. Une lune funèbre régnait sur le mont Aiguille parmi quelques brumes en lambeaux. Soudain j'ai entendu passer au ras de ma tête le souffle furieux des lourdes ailes qui se déployaient dans la nuit, pour la première fois depuis des années et des années. Mais elles n'avaient pas perdu l'habitude, mais elles ne s'étaient pas atrophiées. Elles planaient déjà sur les courants ascendants avec de plus en plus d'assurance et de plus en plus d'orgueil. Un instant nous avons interrompu notre travail destructeur. C'est lorsque nous avons entendu glapir les quatre rapaces qui se consultaient au sein de la nuit sur la route à tenir. Nous les avons vus, lentement, passer et repasser devant la lune.

« L'aube se levait. Et alors, tous les oiseaux chanteurs, tous les oiseaux des îles, tous ceux qui attendaient pour être vendus et transportés d'une grande cage dans une petite, tous ceux-là se sont envolés et il y en avait tant et tant qu'ils ont un instant obscurci l'aurore.

« Et c'est alors que soudain nous avons vu les aigles — ils ne s'étaient pas éloignés, se contentant de planer avec patience autour du mont Aiguille —, nous les avons vus se ruer sur ces proies faciles. Ils montaient, ils descendaient, ils s'abattaient, ils bâfraient dans un oiseau mort. Ils étaient comme des pêcheurs humains devant une pêche miraculeuse. C'était de cruelle satisfaction qu'ils glapissaient maintenant.

« Nous étions pétrifiés François et moi. Nous assistions à ce massacre avec l'amère conviction d'en être les auteurs. Je crois que ce jour-là notre caractère à tous les deux a commencé de changer.

« Il n'y avait pas que les aigles, d'ailleurs. Les gros oiseaux s'attaquaient aux petits. Et les petits aux plus petits encore. (Les perruches notamment firent des frairies de canaris et de pinsons.) La bataille était sans merci. Ils en oubliaient qu'ils étaient libres pour se souvenir seulement qu'ils étaient ennemis.

« Et le froid du matin en Trièves sur ces bengalis et ces oiseaux-mouches qui vivaient en volière chauffée a fait le reste. Je ne crois pas qu'il en soit réchappé un seul ! On rencontrait des cadavres de veuves, de canaris, de becs rouges, de sansonnets. Un couple d'inséparables était au creux d'un lit de feuilles mortes, côte à côte, le ventre offert au ciel et paisiblement morts ensemble.

« Mais tout ça on ne l'a su qu'après. Là, dans l'aube naissante, François et moi, nous étions tout à notre triomphe. Le roi n'était pas notre cousin. Nous nous prenions pour des briseurs de chaînes, pour des libérateurs. Mais soudain j'ai pensé aux conséquences et je me suis enfui. J'ai regagné ma soupente en claquant des dents.

« Je ne sais pas où François a fini sa nuit. Il m'a dit plus tard qu'il était allé sur la pointe des pieds vers la chambre de sa mère, qu'il l'avait entendue, en prêtant bien l'oreille, respirer paisiblement et qu'il était resté là, dans l'ombre du corridor, tapi entre les commodes ventrues que tu as vues au passage, jusqu'à l'heure inexorable et toujours la même où la patronne se levait pour aller nourrir ses aigles.

« Je ne dormais pas, j'avais les poings serrés, j'écoutais les oiseaux véritables de notre pays qui s'en donnaient à cœur joie pour célébrer le matin nouveau.

« Et soudain j'ai entendu un cri énorme. Ce n'était pas un cri déchirant, ce n'était pas un cri de douleur, c'était un cri énorme. Je me suis jeté hors de ma paillasse, je me suis rué vers ce cri qui venait du dehors.

« Sur la terrasse où le soleil se levait, dans la pagaille des portes arrachées et des grillages cisaillés, il y avait, minuscule sur cet immense parvis, un petit tas de robe noire qui ne paraissait pas plus gros qu'un oiseau. François était penché dessus, la main vers une épaule morte. Il pleurait.

« J'étais sidéré. Je regardais ce petit tas de chair enrobée de soie noire. Ainsi, elle était semblable aux oiseaux, cette femme qui m'avait fait tant de peur. Ainsi donc elle avait pu souffrir elle aussi. Le cri que j'avais entendu résumait bien sa souffrance puisqu'elle en était morte. C'était pour moi, j'avais seize ans, la plus grande révélation du monde que les méchants puissent aussi souffrir !

« C'est à cet instant que François m'a touché le bras et qu'il m'a dit "Viens !" On a dévalé jusqu'à Mens à bicyclette. J'avais peine à le suivre, on s'est arrêtés pile devant l'usine (car c'était une usine maintenant) *Chambaran & Co, eau en bouteille.* La fille œuvrait devant une étiqueteuse qui faisait un bruit de squelette. Elle était en train de pointer les paquets de bouteilles d'eau qui passaient devant elle et paraissait y prendre grand plaisir. Le père lui avait dit : "Tu me succéderas un jour. Il faut donc que tu fasses tous les postes de la fabrique." Elle n'était pas belle, enfin pour moi elle ne l'était pas. Elle avait déjà l'air souffreteux. Mais François l'a prise par la taille et il lui a dit :

« "Voilà ! Ma mère est morte et tous les oiseaux sont libres ! Il faut que vous veniez !"

« Il l'a entraînée, il l'a juchée sur son vélo. J'étais sidéré ! Il est remonté plus vite que moi jusqu'ici avec ce poids d'elle sur le cadre comme s'il était seul. La patronne était en bas, morte ! Dans le même lit où Jolaine vient de mourir ! Il la lui a montrée d'abord comme... comme un trophée... Et puis il l'a tirée derrière lui jusqu'à la terrasse que voici et il lui a dit :

« "Voilà ! Demain je ferai venir des ouvriers. Demain il n'y aura plus rien ! Vous aurez la perte de vue sur le Trièves ! Vous pourrez installer votre chaise longue au soleil.

« — Je crains le soleil.

« — Eh bien, vous mettrez un grand parasol !"

« Mais, comme elle ne l'aimait pas, elle était toute pleine d'objections et alors elle lui a dit :

« "Vous avez libéré tous ces oiseaux, mais vous savez bien que vous avez partout dans le monde des gens faméliques qui vous attendent avec des cages pleines, des gens qui comptent sur vous pour manger et qui regardent l'horizon de la mer pour voir apparaître les voiles de votre navire avec le dernier espoir ! Non ! Vous ne pourrez jamais vous libérer de tout ça ! Vous n'êtes qu'un oiseleur ! "

« Elle n'a pas voulu qu'il la raccompagne. Elle est repartie à pied dans la chaleur et la poussière. Elle boitillait déjà un peu. C'était sa maladie qui commençait.

« Alors, cet homme, François, il a regardé le mont Aiguille une dernière fois et il est parti rejoindre son bateau au quai de Rive-Neuve. Il a pris le vrai sextant, la vraie casquette de capitaine et il s'est mis à recruter. Il recevait les postulants devant une cage contenant un papegai et il leur disait :

« "Qu'est-ce que tu fais, toi, quand tu vois un oiseau en cage ? "

« Un sur vingt à peu près lui répondait :

« "J'ai envie de lui ouvrir la cage."

« Mais sitôt qu'il leur expliquait ce qu'il attendait d'eux, ils se récusaient. Ils répondaient non. Ils se retiraient en se frappant discrètement le front. Alors il a changé de tactique. Il s'est mis à fréquenter assidûment les bistrots mal famés. Tu sais, ceux qui sont pleins de fumée et de gens sans espoir.

— Non, je ne sais pas, dit l'enfant.

— Je sais. Il n'y en a pas dans le Trièves, mais à Marseille, ça en regorge. Il se promenait parmi les groupes. Quand il y en avait un qui sortait pour cracher sa rancœur, il lui disait :

« "Tu veux gagner quelque chose ? "

« Il était rare que l'homme répondît non. Alors François lui disait ce qu'il attendait de lui. Il est descendu comme ça de plus en plus bas dans l'échelle des bistrots à désespoir. Des hommes lui ont mis le couteau sur la gorge croyant qu'il plaisantait.

« "Peu importe, leur disait-il, la façon dont vous les aurez eus mais je payerai tant par oiseau. Vous voyez là-bas ce grand navire blanc ? Vous n'aurez qu'à franchir la passerelle avec votre butin et vous serez payé séance tenante !"

« Il partit battre l'estrade dans tous les ports du monde : à Valparaiso, à Honolulu, dans les brouillards de Londres et de Rotterdam.

« Ainsi il eut des rabatteurs sur toute la rotondité de la terre. Il soudoyait des malfrats et des gangsters et des faussaires et des escrocs et des gens de sac et de corde qui faisaient pour le bien autant de dégâts qu'ils en avaient fait pour le mal.

« On déplorait des hold-up d'oiselleries, des raids de voyous sur des jardins zoologiques ; on cisaillait les grillages des volières, on kidnappait des cages dorées (toutes celles que tu as vues entassées en bas dans les écuries) ; on cassait les chaînes des cacatoès et des papegais captifs auxquels on avait appris dans toutes les langues la complainte des perroquets domestiques :

> *Quand je bois du vin clairet*
> *Tout tourne, tout tourne*
> *Quand je bois du vin clairet*
> *Tout tourne au cabaret ! »*

Pour évoquer cette chanson le régisseur imitait la voix rauque des perroquets de son enfance quand les volières de la Commanderie étaient pleines de ces esclaves inconscients.

« Ils rabâchaient ce refrain l'hiver au coin des âtres, pour des maîtres ravis et qui, pourtant, les aimaient tant.

« Et François avait dit à Jolaine :

« "Je viendrai jeter à vos pieds toutes les cages vides des oiseaux que j'aurai rendus libres !"

« Le trois-mâts qui avait tant servi à ravager l'Amérique pour fournir les volières d'Europe, maintenant, en sens inverse, ramenait les paradisiers captifs aux forêts d'Amérique. Il traversait l'isthme de Panama par le canal. Là, il y a des arbres qui font plus de soixante mètres de hauteur et qui sont serrés comme des épis de blé et qu'on taille comme les ifs d'une haie. C'était à cette nature insolente que François rendait les oiseaux. Il devait en mourir d'étonnement au moins un sur trois ! Il n'importe ! Trois fois le trois-mâts qui s'appelait l'*Aréthuse* doubla le cap Horn pour aller rendre à la cordillère des Andes tous les condors des jardins des plantes d'Europe ! François utilisait tout l'argent que sa mère avait gagné au quai de la Tournelle avec les paradisiers et les plumes de casoar (et ça en faisait beaucoup). Il l'employait à payer ses sbires et ils avaient l'ordre, s'ils se faisaient prendre, d'ouvrir les cages n'importe où pourvu que les prisonniers soient libérés.

— Mais, dit l'enfant, ces oiseaux ils ne savaient pas ce que c'est que la liberté ? Ils ne savaient pas comment se nourrir ?

— Je sais bien, dit le régisseur, mais tous les esclaves ont toujours préféré être libres que manger à leur faim. Et puis... tu peux discuter, toi, avec quelqu'un qui fait tout par amour ?

« Ce qui lui importait à François, c'était de se faire aimer de celle qu'il aimait. En tentant cet exploit impossible : rendre la liberté à tous les oiseaux captifs, il lui jetait devant et alentour, comme des trophées, toutes ces cages, toutes ces volières vides qu'il entassait ensuite dans les écuries où tu les as vues. Il les rapportait par wagons, il les faisait entasser par ses tâcherons sur des triqueballes jusqu'à six mètres de hauteur.

Alors, toutes ces cages multicolores, il n'oubliait pas, d'abord, d'aller faire le détour par Mens afin qu'elles défilassent devant la fenêtre de la belle et il s'agenouillait devant elle. Il lui disait :

« "M'aimez-vous ? " »

« Elle le relevait doucement, elle lui caressait les cheveux avec bonté. C'était tout. Alors il repartait. Il reculait le plus loin possible les bornes de l'inutile. Il est reparti ainsi pendant dix ans avant qu'elle dise oui.

— Et elle lui a dit oui, murmura l'enfant doucement, quand elle a compris que la maladie la ligotait déjà à tel point qu'elle ne pouvait plus prétendre dire oui à un autre. »

Le régisseur regarda Élie avec stupéfaction.

« Mais comment peux-tu savoir ça, dit-il, toi qui commences à peine à vivre ?

— Oh, dit l'enfant, il y a des choses pour lesquelles on a la science infuse.

— Oh, dit le régisseur, ce n'est pas si simple, elle l'a aimé, à la fin, quand elle a compris que personne d'autre ne l'aimerait plus. Elle l'a aimé au point que tu l'as vu ce soir. Ce soir, elle n'attendait plus que lui pour mourir. Elle ne pensait plus à personne d'autre. »

Soudain le régisseur saisit le bras de l'enfant en lui disant :

« Regarde ! »

Là-bas, devant la grande fenêtre, un étrange spectacle tirait le regard. C'était François qui avait installé Jolaine morte dans le grand fauteuil roulant, lequel tout à l'heure encore appuyé contre une commode tenait, en silence, conversation avec le morbier du corridor.

« Voilà, dit le régisseur, ça c'était l'histoire quand elle a commencé. Et maintenant tu vois, c'est comme elle a fini : toutes les fois qu'il revenait du bout du monde, il entrait chez Jolaine, il la soulevait doucement de son lit, il l'installait dans ce fauteuil roulant et il l'amenait avec précaution jusqu'à la balustrade pour qu'elle puisse voir le Trièves de fond en comble.

— Avec précaution…, souffla l'enfant.

— Oui, car tous ses os lui faisaient mal. »

L'étrange équipage se rapprochait de la balustrade. François portait presque le fauteuil d'infirme pour lui éviter les cahots provoqués par les dalles bombées. Il ramenait sur le front de la morte une mèche de cheveux qui avait glissé à l'abandon. Il avait les yeux pleins de larmes.

L'enfant éclata en sanglots.

« Pourquoi pleures-tu ? dit le régisseur, surpris. Tu as la vie devant toi et tu as le pouvoir de tuer le temps ? »

L'enfant, longtemps et fixement, regarda en face cette morte marmoréenne qui voyait désormais le Trièves les yeux fermés.

« Je pleure, dit-il, parce que je peux arrêter le temps mais que je ne peux pas le forcer à reculer. »

À la sortie de Lalley, sous une frondaison de vigne qui demeure verte pour abriter du soleil et où de grosses grappes suspendues font rêver de vendange, juste un peu avant le virage, il y a une longue auberge, un café bas de façade qui borde interminablement la route, offrant sa profusion de volets verts et de guingois.

Et là même, à cinq cents mètres environ du grand virage, du côté d'Avers, il y a une fontaine au bord de notre route, où nous avons tous bu un jour ou l'autre, quelquefois sans soif, machinalement, en hommage à cette belle eau qui attire les lèvres. Le bassin de cette fontaine est encombré de soliveaux et de bardeaux et là, en face, il y a une haute maison sans contrevents qui porte sur son fronton cette inscription : *Maison Bijoux, joujoux en bois.*

Cette maison, depuis toujours, est enlisée

jusqu'aux fenêtres du rez-de-chaussée dans du copeau doré qu'on déverse chaque matin ici, en balayant l'atelier. Les vieilles de notre pays viennent y faire provision dans leur tablier noir de ces copeaux qui allument si bien leur cheminée.

C'est là en face, dans ce café, que les hommes des villages se réunissent pour se réconforter de leur solitude en se voyant les uns les autres, en se parlant fort, en riant à se contempler dans les yeux.

Quand l'hiver sévit, il leur est agréable de quitter dehors la pelle, le fusil ou le passe-partout pour se parler les uns aux autres et l'odeur des jouets en bois qui sourd de la fabrique en face contribue à leur bonheur.

Ils ne viennent pas pour boire, mais pour respirer l'atmosphère. Et là, ils en ont plein les narines. La fabrique de jouets sent le hêtre, l'épicéa, le cornouiller mâle qui produit de si jolis fruits. Et ces odeurs sont frottées de couleurs naturelles qu'on obtient en traitant convenablement les plantes du pays.

Un vallon bourré de fleurs de garance, au fond de quoi chante en sourdine un ruisseau sur les menthes, fournit aussi la fabrique en digitales et en violettes (qui donnent un si beau vert une fois bouillies). Ces plantes servent à obtenir des couleurs qui ne peuvent s'oublier et d'une carrière d'ocre voisine on extrait le beau rouge qui signale la tête des quilles.

Travaillaient dans cette usine douze ouvrières et ouvriers qui croyaient benoîtement pouvoir continuer à vivre en taillant dans le bois blanc ces bonshommes et ces poupées rutilantes qu'ils animaient depuis toujours avec de drôles d'air empruntés aux gens du pays, lesquels ne se reconnaissaient jamais.

Ils fabriquaient aussi des miniatures de maisons douillettes avec des lits et des cuisines à batteries bien astiquées. Ce qu'ils faisaient était en ordre de marche et prêt pour le bonheur.

Il n'était pas, pour exprimer la joie de vivre, jusqu'à ces chemins de fer en hêtre doux dont on travaillait les roues exprès à vue de nez, afin qu'elles fussent ovales au lieu de rondes afin, que par des ficelles traînées sur des sols inégaux, leur avance bancale fasse sourire les enfants du Trièves.

Hélas, le marché était saturé car, à part ceux du Trièves, les autres enfants du monde étaient encore trop peu évolués pour comprendre le bonheur du toucher et celui des odeurs. Ils les avaient perçus autrefois mais ils les avaient perdus.

Il n'y avait hélas pas encore assez d'enfants

pour préférer les jouets qui sentaient la forêt à ceux qui respiraient seulement l'odeur de transpiration malsaine qui accompagne ceux qu'on a conçus dans la monotonie et la tristesse des usines.

Pour toutes ces raisons, la maison Bijoux périclitait depuis longtemps. C'était par une solidarité patiente et constante de tous que l'on conservait cette fabrique, comme on le fait pour les espèces en voie de disparition. On lui maintenait la tête hors de l'eau grâce à des astuces et des stratagèmes sans fin. Les créanciers passaient par profits et pertes toutes leurs traites et leurs papiers timbrés ; le conseil général votait des subventions pour des programmes imaginaires ; en Trièves, même les gens qui n'avaient ni enfants ni petits-enfants achetaient pour la Noël des jouets de chez Bijoux ; il n'était pas jusqu'au fisc qui ne maintînt en suspens des commandements toujours reportés, et là-bas, à Grenoble, lorsque des commerçants bien intentionnés voyaient arriver sur la banque de leurs tribunaux quelque dossier qui avait réussi à se glisser jusqu'à eux, ils s'exclamaient : « Ah ce Bijoux ! C'est un lascar ! »

Ce n'était pas un lascar. C'était un vieillard de quatre-vingt-quatorze ans à la moustache implacable qui tenait fermement le gouvernail de son navire sans s'apercevoir que celui-ci était en train de sombrer.

On ne savait pas jusqu'où irait le destin de cette fabrique mais ce que savaient les gens d'ici c'est qu'ils avaient autant besoin d'elle pour leur équilibre que de l'Obiou, du Grand-Ferrand ou du mont Aiguille.

Or, un jour, il vint un homme dans une automobile surbaissée, fuselée, silencieuse et qui avait l'air bête ; un homme qui extirpait avec peine son gros derrière sans forme du siège baquet ; un homme aux yeux sans expression, qui n'avait accordé ni un regard ni un bonjour aux joueurs de boules qui faisaient une pétanque en silence sous les charmilles du bistrot.

Il était flanqué d'une blonde captive aux longs cheveux de noyée comme elles les ont toutes, qui n'était même pas descendue de voiture et dont les regards demandaient pardon à tout le monde d'avoir été obligée, par la vie, d'appartenir à cet olibrius.

L'olibrius, d'ailleurs, n'en avait cure, comme il n'avait cure de rien. C'était un de ces hommes d'aujourd'hui qui ne raisonnent que d'après des résultats. Il ne fumait même pas tant il s'économisait. Il n'était pas ostentatoire, il ne parlait pas fort, il n'était pas méprisant, il ignorait, c'est tout.

Mais il flairait. Dès qu'il descendit de voiture il commença à flairer. Il flairait comme un chien de chasse dont il avait d'ailleurs les narines épatées et l'air bonasse. L'un des joueurs de boules qui avait l'oreille fine l'entendit marmonner :

« Il y a du bonheur dans cette atmosphère ! »

Il demanda à qui était le pré là-bas derrière qui offrait une si belle pente. On lui répondit par un signe qu'on n'en savait rien. Il le gravit, tapant au passage sur les fesses des vaches qui paissaient paisiblement. Quand il fut en haut il se retourna et il eut le Trièves devant lui, jusqu'à Chichilianne, jusqu'à Mens, jusqu'à la Commanderie.

Rien ne pouvait tant l'encourager que ce long regard sur le calme des lieux. Le pays n'avait jamais été aussi pimpant. On eût dit qu'il s'était mis en frais pour l'olibrius, car il arrive comme pour les êtres que les paysages aussi soient naïfs.

L'homme abaissa son regard. Il vit au gré du bief dominant le ruisseau la roue à aubes qui seule fournissait en énergie la fabrique de jouets. Alors il s'assit et longtemps, fixement, il suivit le mouvement lent de cette cage de bois qui séparait les eaux à chaque tour. Et soudain il appela très fort :

« Delphine ! Venez ici et apportez les cartes ! »

À cette apostrophe, les joueurs de boules qui avaient repéré la passagère s'appliquèrent à leur jeu avec plus de passion. À l'énoncé de ce prénom, la blonde ne leur parut plus ni aussi blonde ni aussi flexible.

Delphine accourait vers le pré en brandissant ses cartes. Elle passait avec maestria entre deux fils de fer barbelés, elle gravissait sur ses talons aiguilles la pente du pré humide, soudain elle vit le troupeau et poussa un cri.

« Eh bien quoi ? dit l'olibrius. Ce sont des vaches, pas des hommes ! Vous ne risquez rien ! Votre seul parfum les tiendra à distance ! Allez ! Asseyez-vous à côté de moi et déployez vos cartes ! »

Il montrait du doigt la chaîne de montagnes qui nous borde du côté du levant.

« Ça ! dit-il. C'est quoi ? Ce sommet qui va bientôt nous faire de l'ombre ? »

Delphine avait l'habitude d'obtempérer sans délai.

Elle avait déjà l'index pointé sur la carte.

« Le Grand-Ferrand ! dit-elle.

— Et là-bas au fond : cette pyramide ?

— L'Obiou !

— Et là à notre gauche, cette espèce de lame de couteau qui paraît vouloir trancher le ciel ?

— Le mont Aiguille ! »

À chaque nom l'olibrius acquiesçait de la tête, apparemment très satisfait. Et cette fois il dit très distinctement :

« Il y a du bonheur dans cette atmosphère ! »

Et il ajouta :

« Quel beau complexe hôtelier on ferait en supprimant cette gargote et les quelques masures qui sont autour ! Regardez-moi ce pays ! »

Il ouvrait les bras avec emphase.

« Ici, patron ? dit Delphine ahurie. Mais il n'y a rien ! Mais ils s'ennuieraient comme des harengs dans un bocal, vos complexés[1] !

L'olibrius hocha la tête.

« Ma pauvre Delphine, dit-il, ce n'est pas pour rien que je suis patron et que vous n'êtes que secrétaire. Vous n'y voyez pas plus loin que le bout de votre nez !

— Et moi je vous dis que vos clients fuiront au bout du monde pour éviter le... »

Elle avait oublié le nom du pays et consultait fébrilement la carte.

« Trièves ! acheva-t-elle.

— Oui ! Eh bien moi, j'ai interrogé mon ordinateur et il m'a appris que l'ère des vacanciers imbéciles était en train de s'achever ! Il faut,

1. Un complexe hôtelier étant un ensemble d'habitations vouées au confort, ses habitants sont forcément des complexés.

dit-il, qu'on commence à travailler les populations intelligentes si nous voulons garder notre standing ! Jusqu'ici, nous nous sommes vautrés paresseusement avec de la clientèle pour les Bahamas, la Floride ou le Luberon ! Cette clientèle-là se raréfie, soit qu'elle se soit prise à méditer, soit qu'elle commence à se faire vieille, soit que (à force de le lui dire) elle craigne d'attraper un cancer en s'exposant au soleil ! Bref, il nous faut changer notre fusil d'épaule, sinon les profits vont baisser, l'action en Bourse va chuter, et moi, je vais me faire virer ! »

Ayant dit, il arracha un dactyle à la prairie et se mit à le mâchonner en guise de cigare ; autrefois, il eût allumé un havane mais la publicité contre le tabac avait porté ses fruits sur lui qui s'était pourtant tant servi d'elle pour drainer les foules vers les cocotiers des tropiques. Lui aussi craignait maintenant d'attraper un cancer. On ne se méfie jamais assez de la publicité. Elle roule pour elle et ceux qui croient l'avoir créée peuvent aussi en être les victimes.

Cependant l'olibrius, péniblement suivi par la secrétaire en talons hauts, dévalait la prairie, sous l'œil médusé des vaches qui en restaient la bouchée d'herbe en suspens au milieu des babines, ce qui leur faisait une curieuse moustache.

L'olibrius était si enfoncé dans l'édification

de l'avenir pour ce coin de paradis qu'il ne connaissait pas voici une heure, qu'il faillit se faire écraser par un tracteur attelé à une remorque chargée de foin qui se traînait à trente à l'heure. La secrétaire poussa un cri d'horreur. Les boulistes, blasés, détournèrent à peine la tête.

Le but de cette course effrénée du promoteur, c'était l'entrée toujours ouverte de la maison Bijoux. Il s'y engouffra sans ralentir sa course. Il se trouva devant la seule porte fermée qu'il rencontra et qui portait une pancarte sale clouée là depuis cinquante ans. Le mot *bureau* était inscrit sur ce carton. Le promoteur frappa énergiquement contre le panneau, avec hâte, avec impatience. On lui grommela d'entrer, crut-il entendre. Il le fit.

Il le fit et se trouva en présence d'un vieillard svelte de naissance et glabre par système, jusqu'à en reluire grâce à un rasoir-sabre dont il usait chaque jour.

Sur sa table d'architecte où il était debout tous les matins, le père Bijoux se tenait le menton, perplexe, devant une nouveauté qu'un de ses ouvriers venait de lui soumettre.

C'était le fac-similé d'une motrice électrique entièrement en bois. Et le père Bijoux était perplexe car lui qui ne s'était jamais demandé comment il se faisait que le charbon factice brûlé dans les chaudières de ses locomotives en hêtre pur n'ait jamais mis le feu à l'ensemble du train, voici qu'il hésitait à faire croire aux enfants qu'on peut transmettre l'impulsion électrique des caténaires par le truchement d'un pantographe en bois. Il tripotait délicatement ce pantographe, incompréhensible dès qu'on le sortait de son contexte, en se posant sur celui-ci des questions insolubles.

Ce fut dans cet état de douce interrogation qu'il reçut, presque contre son corps, car la pièce n'était pas grande, l'intrusion de l'olibrius rubicond.

Le père Bijoux regarda son visiteur par-dessus ses besicles. Il le vit mou et ventripotent. « Il n'ira pas loin celui-là », se dit-il.

À quatre-vingt-quatorze ans qu'il avait alors, il était passé maître dans l'art de préciser chez autrui l'heure de la mort et il prenait un malin plaisir à être toujours en vie, alors qu'autour de lui tout le monde mourait. « Sept ans, huit ans peut-être », se dit-il encore.

L'olibrius lui fonçait dessus et lui tendait une large main. Il y a des hommes ainsi qui ont lu dans leur horoscope qu'ils doivent payer d'audace s'ils veulent réussir. Aussi sont-ils grossiers et maladroits.

« Alors mon brave ! dit l'olibrius, vous en faites quoi de cette maison ?

— J'y habite depuis près de cent ans, mon méchant !

— Pourquoi me traitez-vous de méchant ?

— Parce que vous me traitez de brave !

— Mais je ne suis pas méchant !

— Mais moi je le suis ! » rétorqua le vieillard.

L'olibrius reprit de l'air avant de répondre :

« Allons, allons ! Avec une pareille paire de moustaches, vous ne pouvez être que brave !

— Vous allez en faire l'expérience ! rétorqua le vieillard, si vous ne vous levez pas de ma vue ! Moi, je suis faible mais j'ai des fils, des neveux, des ouvriers... »

L'olibrius ne bougea pas. En plusieurs occasions il avait dû mettre en balance le sacrifice de sa vie pour s'enrichir. Il avait débuté dans l'existence avec une valise en carton contenant des figurines sulpiciennes en plâtre qu'il fallait vendre. Il faisait du porte-à-porte avec ça. Il y avait esquivé plus de coups de pied au derrière qu'il n'avait récolté de compliments.

« Vous n'êtes pas démocrate ! » dit-il.

Du coup le vieillard déposa sur l'établi la motrice à pantographe qui le faisait tant chiffrer. Il était complètement interloqué.

« Je ne suis pas quoi ? dit-il.

— Vous n'êtes pas démocrate ! Vous voulez empêcher le peuple d'accéder aux mêmes bonheurs que vous ! »

Il désigna par la fenêtre la roue à aubes dont le vieillard s'était réservé la vue exclusive dans l'encadrement de sa croisée. C'était en la contemplant tourner qu'il avait eu ses plus belles méditations. D'ici, non seulement on la voyait à l'œuvre, mais encore on l'entendait cliqueter.

« Est-ce que vous vous rendez compte, dit le promoteur, de ce que cette vue bucolique peut représenter dans l'imagination de centaines de retraités ? Car je détruirai la maison mais je conserverai la roue à aubes ! Et même, je vous réserverai le plus bel appartement de mon complexe avec la même fenêtre sur la même vue ! Qu'est-ce que vous dites de ça ? »

Il ajouta tout guilleret et comme s'il y était déjà :

« Vous pourrez prendre votre retraite et fumer votre pipe dans le fauteuil à bascule en regardant votre roue à aubes tout votre saoul ! »

Le mot *retraite* était le seul qu'il ne fallait jamais prononcer devant le père Bijoux. Ça lui faisait le même effet qu'une muleta sur un taureau.

Il s'empara de la locomotive en bois à pantographe et la jeta vers l'olibrius qui avait déjà ouvert la porte et fonçait vers la sortie dans le corridor. Ça ne suffisait pas à calmer l'irascible vieillard. Celui-ci se baissa avec une agilité surprenante et reprit bien en main le petit jouet. Et derechef, avec la volonté d'abattre, il le projeta vers l'ombre de l'homme qui fuyait.

La loco perdit son pantographe sur la route en la percutant. Cela fit un vacarme qui troubla la paix des joueurs de boules.

« Tiens ! dirent-il, voilà encore le père Bijoux qui a rencontré quelqu'un qui ne lui convient pas ! »

Pétrifiés, ils virent jaillir le vieillard de son antre, qui ramassa encore une fois le jouet, mais qui cette fois le jeta sur une trace. L'olibrius s'était glissé dans son siège baquet et il avait démarré en trombe. À côté de lui la blonde secrétaire se marrait doucement.

« Celui-là, patron, il a bien failli vous avoir ! » dit-elle.

Ils avaient déjà négocié le lacet qui conduit à la Nationale 75. L'olibrius arrêta la voiture, en descendit et, tel un général battu provisoirement, il déclara :

« Je reviendrai ! »

Il vissait son pied vengeur dans la poussière du Trièves.

« Chaussegros ! Il faut absolument que tu nous prêtes ton fils ! »

C'était le maire de Lalley en personne qui s'était déplacé jusqu'à Chichilianne pour venir crier au secours.

Car l'olibrius s'était répandu à travers tout le Trièves et même au-delà jusqu'à Grenoble, pour collecter tout le papier timbré que le père Bijoux traînait après soi : les traites sans avis, les impayés à peine nés comme les chèques retournés, et il s'était présenté aussi chez tous ceux et toutes celles qui avaient des reconnaissances de dette jaunies à force d'ancienneté.

Il arrivait, patelin et débonnaire, chez des gens qui ne se rappelaient même plus que le père Bijoux leur devait quelque chose et qui cherchaient longtemps dans leurs paperasses la facture incriminée.

« Je vous en paye la moitié de votre créance, séance tenante, en liquide !

— Mon Dieu, mais vous allez pas le mettre en faillite quand même ? Parce que si c'est ça, vous pouvez aller faire une tour !

— Vous m'avez bien regardé ? » répondait douloureusement l'olibrius.

Il dévisageait l'interlocuteur avec une telle franchise que l'autre en prenait honte.

Nous sommes pauvres, aussi avons-nous perdu l'habitude de croire qu'on nous convoite quelque chose, tant nous n'avons rien qu'on nous puisse voler.

« Encore quelqu'un d'ici, dirent les coupables tout contrits, quelqu'un comme nous, on aurait pu éventer la mèche ! Mais un qui vient de Paris ! Un qui voyage avec une secrétaire dans une Porsche de collection ! Comment voulez-vous qu'on se méfie ! »

Il annonça qu'il exerçait la profession de philanthrope et, qu'à ce titre, il avait inventé d'offrir toutes les créances en bouquet au père Bijoux, pour son quatre-vingt-quinzième anniversaire, au mois d'octobre prochain.

« Et puis après, dit le maire de Lalley atterré, il a porté tout ça chez l'huissier de Mens. »

Chaussegros en était anéanti.

« Mais alors ? dit-il. Et la fabrique ? Et les ouvriers ? Et les jouets ? Moi, j'en achète une caisse toutes les années ! J'en ai le grenier plein ! Quand j'en ai marre de l'URSSAF, de l'ARCO, des ASSEDIC, je vais au grenier et je respire l'odeur de tout ce bois !

— Moi aussi, dit le maire.

— Mais, dit Chaussegros, qu'est-ce que tu veux que mon fils fasse contre un huissier ?

— On trouvera bien quelque chose ! Il doit bien y avoir une circonstance dans le service d'un huissier qui a un rapport avec l'heure.

— Ma foi ! dit Chaussegros. Pour ma part je n'ai jamais eu affaire avec un huissier, par la grâce de Dieu !

— Moi non plus que Dieu garde !

— Mais, et le vieux Bijoux, qu'est-ce qu'il en dit, lui ?

— "Oh, c'est bien simple, récita le maire, si l'huissier vient, je le tire comme un lapin et après je me fais sauter la caisse !" Il dit ça et ça fait bien huit jours qu'il graisse son fusil en répétant : "Ça fait bien vingt ans que j'ai plus tiré ! Ça va faire une occasion !" »

Mais on n'avait jamais vu d'huissier à Lalley. On se perdait en conjectures.

« Moi, dit le vieux Cougourdan, j'en ai vu un en Quinze, au Pont-de-Claix, il ressemblait à un corbeau !

111

— Vous voulez dire qu'il était tout de noir vêtu ?

— Voui. Avec une cravate à ressort et des manchettes en Celluloïd ! »

Bateau ! On n'avait plus qu'à guetter un individu approchant de ce signalement et à le tenir éloigné autant que possible de la fabrique Bijoux.

« Mais attention ! dit l'instituteur. Un huissier, c'est inopiné ! Ça vous tombe dessus à n'importe quelle heure et ça vous abasourdit : "Signez ici ! Signez là ! On est telle heure, vous avez reçu ce papier à telle heure ! Vous le mettez là sur le papier !" Puis ils s'évanouissent ! Avant que vous ayez le temps de respirer, ils sont repartis ! Ça y est ! Ils ont parlé *à personne*. Ils vous ont foutu entre les mains un papier auquel vous ne comprenez absolument rien mais qui vous condamne ! »

L'institueur frappa sur le marbre de la table du bistrot avec une telle conviction que la Grimaude, la patronne, vint voir s'il ne l'avait pas cassée.

« À mort ! » acheva-t-il avec force.

C'était un anarchiste irréductible, cet instit. Au seul mot d'huissier il écumait.

« Il nous faut veiller ! grommela-t-il tout bas. De toute façon, c'est de jour qu'il viendra. La nuit, ils n'ont pas le droit. »

Depuis cet instant, il y eut toujours un oisif à la terrasse de la Grimaude, buvant ou jouant aux boules, pour intercepter l'huissier s'il se présentait et le lanterner autant que possible jusqu'à la tombée de la nuit, ou, qui sait (car des gens qui n'ont jamais eu affaire avec un huissier restent naïfs), lui faire entendre raison ?

Le petit Chaussegros, on l'avait mis en pension chez la Grimaude, patronne du bistrot aux volets verts, qui veillait sur lui comme sur la prunelle de ses yeux. On ne savait pas à quoi il pourrait servir mais c'était la seule chose prodigieuse que nous pouvions opposer à un huissier. Et nous ne comptions plus que sur le prodige car le père Bijoux était à l'agachon[1].

Il y avait plusieurs jours qu'il se préparait. Il avait fait pratiquer à l'égoïne, par un ouvrier, une ouverture carrée dans le panneau de la porte pour le passage du fusil et un autre un peu plus haut pour la visée.

Ça n'avait pas été une petite affaire car cette porte de la fabrique n'avait jamais été fermée. Il fallut la décoincer au ciseau à froid pour la repousser et chercher une journée entière la grosse clé bénarde depuis longtemps égarée.

1. « Être à l'agachon » : guetter au centre d'un traquenard le gibier sans défense qu'on compte abattre.

Nous étions donc tous fin prêts pour recevoir l'intrus. Et pourtant, sans le Marcel Chambellan, on aurait bien failli se laisser surprendre.

Le Marcel Chambellan c'était quelqu'un de chez nous sans aucune histoire.

Tous les jours, sur son cyclomoteur, le Marcel allait voir au cimetière si sa mère n'avait besoin de rien. Il sarclait un peu l'herbe autour de la tombe, il relevait les pots de fleurs de la Toussaint dernière, il remettait en ordre les cadeaux en céramique des fêtes des Mères (il y en avait déjà quatorze sur la dalle). Ensuite il se tenait debout, un peu gauche et triturant sa casquette, devant le caveau. Il n'était pas en prière, il parlait avec ses défunts, un peu de tout : du temps anormal qu'il faisait depuis qu'ils étaient morts ; de l'inqualifiable conduite notoire de Mme Aubergier ; de la dictature des Belges qui faisaient construire, lesquels, depuis qu'ils étaient propriétaires, s'étaient mis tout le village à dos pour avoir cadenassé des entrées de chemin où autrefois tout le monde passait.

Bref, il y en avait toujours à dire, à penser à haute voix.

Les morts jusqu'ici n'avaient pas encore exprimé d'opinion.

Or, ce jour-là, il venait d'apprendre à ses défunts l'extraordinaire intrusion de l'olibrius dans la vie du village et la visite imminente d'un huissier aux portes du père Bijoux. Là-dessus, tournant le dos à la tombe par décence, il se dirigea vers le mur nord du cimetière en défaisant sa braguette pour satisfaire un besoin naturel.

C'était rituel. Le mur du cimetière lui arrivait à hauteur de la poitrine et ainsi, tout en le compissant, le Marcel pouvait jeter sur le pays un regard souverain.

Et le Marcel pensait qu'uriner ainsi librement contre un mur chaud en contemplant vingt lieues de Trièves, c'était bien là le comble du bonheur.

Et c'est, plongé dans cette contemplation, qu'il vit poindre au loin sur la route poussiéreuse une demoiselle à bicyclette dont la jupe plissée et les longs cheveux blonds volaient au vent de la course.

Ainsi que je l'ai dit, on voit de loin en Trièves, les routes sinueuses se montrent plusieurs fois, enfilant coteaux et vallons comme si elles jouaient à cache-cache. Elles sont capricieuses. Elles adorent faire des niches à ceux qui s'efforcent de deviner qui, en ce moment, les parcourt.

La demoiselle ainsi plongea vers Saint-Maurice et mit longtemps à reparaître de l'autre côté. Le Marcel eut le temps, avant de la revoir, de finir son affaire. Quand la cycliste surgit de nouveau, c'était à cinq cents mètres du cimetière et l'on distinguait bien maintenant son visage juvénile au nez retroussé. Elle était charmante, souriait à la vie, son visage lisse ne distillait aucun venin. Le Marcel dit plus tard qu'on lui aurait donné le bon Dieu sans confession.

Elle se rapprochait, gravissait en danseuse encore un petit raidillon. Elle était là maintenant à peut-être cent mètres. Et soudain elle mettait pied à terre, adossait le vélo contre un gros pommier, la corolle de sa jupe plissée qui jusque-là couvrait tout l'arrière de la bicyclette, se soulevait et dévoilait le porte-bagages. La jeune fille, à pas pressés, se dirigeait vers un taillis et s'y enfonçait.

Le Marcel avait le cœur pur et, dans l'accroupissement de la demoiselle disparaissant derrière un buisson, il ne vit que l'acte banal de quelqu'un qui se cache pour faire pipi tout son saoul.

Mais en revanche, il ne pouvait détacher ses yeux du porte-bagages sur lequel un objet funeste était solidement arrimé par des sandows. C'était une serviette noire en cuir usagé, munie d'une poignée solide et qui trahissait une longue existence de labeur acharné tant elle était avachie. Et pour comble de bonheur, deux initiales d'or y brillaient sur l'abattant afin, sans doute, que l'objet fût immédiatement rapporté à son propriétaire si par malheur on l'égarait.

Les serviettes en cuir noir sont au peuple ce que les ordonnances de médecin sont aux malades : elles n'annoncent jamais la vie en rose et il en est d'elles comme de la guillotine : il est inutile de l'avoir déjà vue pour la reconnaître.

Néanmoins, le Marcel, qui avait le cœur pur, mit à comprendre tout le temps qu'il lui fallut pour reboutonner sa braguette mais alors ce fut une illumination.

« Vains dieux de vains dieux, de vains dieux de vains dieux de vains dieux !

À voix basse, tandis qu'il fonçait à fond de train à travers le cimetière en pente, les *vains dieux* proférés jaillissaient de ses lèvres en avalanche.

Devant le cimetière, en cas de quelque chose, il y avait au pied d'un cyprès énorme une bouche d'incendie et une cabine téléphonique. C'était là-contre d'ailleurs que le Marcel équilibrait son cyclomoteur.

Il exhala d'autres *vains dieux* tandis qu'ils introduisait une piécette dans la fente adéquate et qu'il tournait tout tremblant le cadran du téléphone pour appeler le seul numéro du village qu'il connût par cœur.

Une voix aigre dit « allô » dans l'appareil.

« C'est toi, Grimaude ? Écoute bien ce que je vais te dire : l'huissier, c'est une huissière, et elle arrive ! »

Il raccrocha, abasourdi. Les derniers *vains dieux* fusaient encore hors de son entendement fatigué.

On attendait un homme noir à la physionomie aux abois et maigre à faire peur. On vit apparaître cette scintillante et fraîche blonde dont la jupe plissée voletait autour des jambes. Car désormais (et c'était une formidable invention de la nouvelle conjoncture) tous les huissiers étaient des huissières et toutes les huissières étaient blondes comme des secrétaires. Ça mettait l'exploit[1] à un peu plus cher mais ça donnait des résultats remarquables : qui eût osé se livrer à des voies de fait sur une huissière blonde et sans défense ? D'autant qu'il avait fallu un siècle aux contrevenants pour s'habituer à ce changement.

L'huissier à tête de corbeau existait donc toujours mais il s'était doté de prolongements attrayants qui le suppléaient partout avec bonheur.

La demoiselle descendit gracieusement de bicyclette devant l'antre de la Grimaude. Elle assura sa machine contre le pied d'une glycine centenaire et commença avec méthode à désarrimer sa serviette.

---

1. Exploit : nom donné à l'action qui consiste à porter un pli à un citoyen et à s'en faire donner quittance par une signature. La justice ne s'est jamais résignée à faire faire cette commission par le facteur des postes.

Il y avait autour d'elle deux ou trois joueurs de pétanque, leurs intégrales à la main qui la reluquaient sans vergogne. La demoiselle jeta un coup d'œil à sa montre. Il était six heures moins le quart en octobre.

« Mince ! se dit la jeune femme, je n'aurais pas dû passer chez Maunier à Avers ni chez Peloux à Saint-Maurice d'abord ! Eux, c'étaient des broutilles ! Pourvu que je puisse tout de suite parler à personne ! »

Par l'interstice d'une persienne, le petit Chaussegros, qu'on avait posté là, la regardait faire ce geste machinal avec intérêt. Sitôt qu'elle l'eut fait, il referma en zéro son pouce et son index. Aussitôt, toutes les aiguilles des heures et des minutes s'arrêtèrent sur les cadrans et l'on se trouva dans le vague du temps approximatif qui donne le mal de mer aux âmes sensibles.

Néanmoins, pendant ce temps, l'huissière légère traversait la route, se hâtant vers cette porte de fabrique où elle devait instrumenter. Derrière cette porte se tenait le père Bijoux, sur un haut tabouret, les jambes croisées, l'œil à l'agachon et portant à la bretelle son fusil armé dirigé vers le sol. Il demeurait ainsi du matin jusqu'à la tombée de la nuit, après quoi il allait prendre un repos bien gagné.

C'est vers lui que se précipitait avec sa serviette

la demoiselle ailée investie de cette mission sacrée : mettre en demeure le père Bijoux de payer.

Les trois joueurs de pétanque l'escortaient au plus près comme s'ils allaient lui faire une déclaration d'amour. Parmi eux il y avait le père Anthelme, le curé du village, qui savait de quoi il retournait et voulait éviter un esclandre.

Il marchait à reculons devant la demoiselle en l'admonestant doucement.

« Allons, mon enfant ! Vous allez faire ça à un homme de quatre-vingt-quatorze ans qui n'a jamais vu un papier bleu de sa vie ! Laissez-le mourir en paix !

— Mais mon père ! reprochait la blonde enfant, je ne suis qu'un instrument ! Allez expliquer ça aux créanciers de ce monsieur et laissez-moi faire mon travail ! »

Elle essayait d'esquiver le corpulent abbé mais celui-ci était leste comme un renard. Il entravait, il retardait la marche de la demoiselle et de sa serviette de malheur. Et d'ailleurs elle avait besoin d'un point d'appui pour sortir le papier fatidique. Elle souleva son genou pour s'équilibrer. Patatrac ! l'abbé, lourdaud, avait sans le vouloir interposé lui aussi son genou contre celui de la demoiselle. La serviette béante s'était répandue sur le sol. Le vent du soir menaçait de tout éparpiller. La demoiselle poussa un cri. L'abbé également. Tous les deux, d'un même mouvement, se précipitaient pour éviter ce désastre : les papiers d'une serviette d'huissier allant flotter à vau-l'eau n'importe où : dans le ruisseau, dans le lavoir de la fontaine, sur les épines des piracanthas, lesquels, comme partout ailleurs, hérissaient de leur défense les propriétés privées.

Il fallut cinq bonnes minutes au couple disparate pour faire disparaître les minutes au fond de la serviette à mystère.

Quand ce fut fait, l'abbé toujours à reculons poursuivit son œuvre :

« Allons, mon enfant, réfléchissez bien. Il est peut-être plus tard que vous ne pensiez !

— Il est six heures moins le quart ! » dit-elle.

Et machinalement elle consulta sa montre.

« Comment ! dit-elle étonnée. Mais il était déjà six heures moins le quart lorsque je l'ai regardée tout à l'heure. Quelle heure avez-vous donc, mon père ? »

L'abbé sortit un oignon de son gousset.

« Six heures moins le quart ! dit-il. Vous avez tout votre temps !

— Mais c'est impensable ! dit la jeune femme. Vous faites erreur ! Tout à l'heure pendant que je défaisais ma serviette, il était déjà six heures moins le quart. »

L'abbé était sur ses derniers retranchements. Il occultait de son dos robuste à la fois l'agachon et la meurtrière, pour éviter que le père Bijoux n'aperçût la serviette fatidique.

Pendant ce temps, un peu en retrait, les deux autres joueurs de boules, qui avaient des moustaches avantageuses et de beaux yeux rêveurs, faisaient doucement le siège de l'huissière aux cheveux d'or.

« Voyons, ma mie ! Faite comme vous voici ! Vous n'allez quand même pas tremper vos mains dans le sang de notre doyen ?

— N'exagérez pas ! Plaie d'argent n'est pas mortelle !

— Pour lui, si ! Un si grand âge ! Une vie sans reproche ! Vous allez le porter en terre !

— J'exerce mon ministère ! Laissez-moi passer, il se fait tard !

— Mais non, mais non ! Allons boire un verre ensemble à la terrasse de la Grimaude ! Voir ce que nous pouvons faire ! Il est à peine six heures moins le quart !

— Vous ne pouvez rien faire d'autre que de me laisser passer !

— Vous allez voir quelque chose de très vilain ! dit le prêtre à bout d'arguments.

— J'ai l'habitude ! Dans mon métier on voit rarement de belles choses ! »

Le père Bijoux, retranché sur son tabouret, ne distinguait tout d'un coup plus rien, mais en revanche, il entendait ce doux conciliabule persuasif qui se tenait au seuil de sa fabrique et il brûlait d'y prendre part.

C'était un homme de décision rapide. Il passa le canon de son fusil par la meurtrière et l'appuya contre le dos de l'abbé qui l'obstruait.

« Lève-toi de là, curé ! J'ai reconnu le tissu ecclésiastique de ton costume ! Lève-toi de là si tu ne veux pas avoir un péché mortel sur la conscience en m'obligeant à te tirer dessus ! »

Car pour compliquer encore la situation il faut préciser que le père Bijoux était anticlérical.

L'abbé avait un lumbago chronique. Ce contact du canon froid lui fut désagréable et il obéit instinctivement en se dérobant à la douleur. Du coup, par la meurtrière libérée, le père Bijoux vit en même temps l'huissière et la serviette. Celle-ci l'incita à tirer, mais la vue de la blonde le désarçonna. Elle ressemblait si peu à ce qu'il s'attendait à voir : un huissier de caricature. Il tira tout de même, mais en biais, en l'air, tout de travers. Il ne voulait pas abîmer l'apparition. Il avait toujours aimé les blondes gracieuses. Et il était prêt à absoudre celle-ci d'être huissière. En revanche la vue de la serviette noire le rendait fou comme un mal de dent.

L'effet de ce coup de feu fut prodigieux. Les deux lascars en moustache soyeuse se trouvèrent avec l'huissière sur les bras qui venait de s'évanouir.

On l'emporta en toute hâte vers l'antre de la Grimaude tandis que le père Anthelme s'emparait de la serviette litigieuse et commençait à se demander ce qu'il serait chrétien de faire : jeter la serviette sous les aubes de la roue romantique ou la rendre à sa propriétaire.

Pendant ce temps le plomb de huit sans force retombait en pluie sur les épaules des spectateurs qui élargissaient le cercle. L'air sentait la poudre à plein nez. Ça respirait la catastrophe comme une voie d'eau sur un navire. Les plus prudents retraitèrent vers leur maison où il s'enfermèrent, les autres suivirent les gars à moustaches qui transportaient lentement la jouvencelle comme ils eussent fait du saint sacrement.

Ils la déposèrent sur l'une des tables de marbre de la Grimaude bien à plat, rabattant pudiquement sa jupe sur ses jambes. Le froid du marbre eut un effet salutaire et l'huissière reprit tout de suite ses esprits.

« On m'a tiré dessus ! cria-t-elle.

— Mais non mais non ! Qu'allez-vous chercher là ? » dit l'abbé qui mentait tant qu'il pouvait.

(Mensonge pour sauver vaut mieux que vérité pour nuire.)

« Et d'ailleurs, dit la blonde qui se mettait prestement debout, que faites-vous avec ma serviette à la main ?

— Je la protège ! dit l'abbé. Elle était tombée par terre.

— À terre ! » rectifia l'huissière.

Elle s'empara énergiquement de l'objet du litige et l'abbé tergiversant sut un peu tard ce qu'il aurait dû faire : jeter la serviette au ruisseau sous la roue à aubes. Il n'en était plus temps

« Y a-t-il un téléphone ici ? dit la blonde d'une voix glaciale.

— Un d'avant ! » grommela la Grimaude.

Il y en avait un effectivement, apposé derrière le comptoir contre le mur, un ancien, en bois des îles, avec un bel écouteur chromé et une manivelle d'appel. Jamais la Grimaude n'avait consenti à ce qu'on le lui remplaçât.

La demoiselle se mit à tourner la manivelle avec frénésie. Elle eut enfin une voix irritée qui disait « allô » au bout du fil.

« Allô, patron ? On m'a tiré dessus !

— Qu'est-ce que vous me racontez là ? dit la voix qui haussa de deux tons dans le glapissement.

— La vérité ! Comme je me présentais devant la porte de la fabrique Bijoux quelqu'un de dedans a tiré deux coups de feu...

— Un ! » l'interrompit l'abbé.

L'huissière connaissait la vie. Si elle attestait d'un seul coup de feu, personne ne se dérangerait pour venir à son secours. Un seul coup de feu ce pouvait être un malheureux incident qui était déjà clos.

« Deux coups de feu ! scanda la blonde. J'ai été victime d'une agression caractérisée. »

Elle employait dans son désarroi le même vocabulaire que les speakers à la radio.

« Mais quelle heure est-il donc ? » glapit la voix très ennuyée au bout du fil.

La blonde, machinalement, consulta sa montre.

« Six heures moins le quart ! »

Cette fois le glapissement de fureur fut entendu de tous ceux qui tendaient l'oreille autour de l'appareil. Chacun frémissait à écouter l'huissière se faire copieusement engueuler par son patron.

« Vous vous foutez de moi ! Il est sept heures moins dix ! Vous entendez : sept heures moins dix ! Et le jour va tomber !

— Comment ça, le jour va tomber ? »

L'huissière lâcha l'appareil et se précipita à la fenêtre pour voir de quoi il retournait car les huissiers, suivis en cela par les philosophes, les prophètes et quelques écrivains, ne regardent jamais le ciel qu'à travers leur pensée, ce qui leur permet d'ignorer la couleur du temps.

Cette fois-là, l'huissière put se convaincre qu'effectivement le disque du soleil était en train, à l'ouest, d'être avalé par le vorace mont Aiguille.

Elle revint en courant vers l'appareil.

« J'y vais tout de suite, patron !

— Non ! Il est trop tard ! Et je ne tiens pas à avoir votre mort sur la conscience. Deux coups de feu, avez-vous dit ? Je vous envoie la main-forte ! »

Pour ceux qui l'ignoreraient encore, une *main-forte*, c'est un couple de gendarmes qu'on mande pour venir aider l'huissier à exercer son ministère et susceptible, le cas échéant, d'enfoncer une porte ou de mettre hors d'état de nuire le contrevenant.

« Seulement, reprit la voix, la main-forte ça ne peut être que demain matin au lever du jour ! Restez là-bas, couchez-y et dormez bien !

— Moi, patron ? Que je dorme ici ! Mais... »

L'interlocuteur avait raccroché sèchement.

Assise les coudes sur la table, la demoiselle était l'image même de la perdition totale.

« Quelle heure est-il, monsieur le curé ?

— Six heures moins le quart, mademoiselle ! » répondit l'abbé qui n'eut même pas besoin d'interroger sa montre.

L'huissière jeta un regard de noyé vers le carillon Westminster qui tranchait sur le papier peint verdâtre du bistrot. Lui aussi, naturellement, il accusait six heures moins le quart.

« Qu'est-ce qui se passe ici ? dit l'huissière à la Grimaude qui la regardait avec commisération et qui lui répondit :

— Ma pauvrette ! Vous êtes toute pâlotte ! C'est rapport à ce pneu qui a éclaté et que vous avez pris pour un coup de fusil ! »

La Grimaude avait eu un œil déjeté à la suite de convulsions en sa prime enfance qui l'avaient laissée aussi un peu stropiate. C'était comme si un jour elle avait chevauché un balai et qu'elle en eût été déversée sans crier gare. Mais, toute déjetée qu'elle fût, elle avait l'esprit droit comme un I.

Elle s'était emparée de l'huissière pour la dorloter comme sa propre fille. Elle lui cuisina une soupe sapinière et une omelette de sanguins qui remirent en place les idées de la demoiselle. Et quand celle-ci en fut à dire qu'elle ne buvait que de l'eau, la Grimaude lui rétorqua que le vin de Prébois la ferait rêver en arc-en-ciel, ce dont elle avait bien besoin. Elle l'aida, même, à finir la bouteille. Et ensuite, elle l'aida aussi à gravir l'escalier, un peu raide, qui conduisait aux chambres. La demoiselle se trouva soudain investie par un gros lit profond pourvu de cet édredon jaune en eider dont nous avons tous rêvé sans jamais oser le demander.

Comme les draps étaient aussi froids que s'ils venaient de sortir d'un puits, la Grimaude s'exclama qu'il fallait une tisane et aussitôt partit la mettre sur le feu.

Elle revint avec une tasse fumante. C'était une infusion de gratiole carabinée afin d'envoyer l'huissière souvent aux latrines pour y méditer sur ce nom d'*herbe au pauvre homme* que cette plante méritait. Mais la demoiselle avait bon estomac et bonnes tripes. La gratiole ne fit que conforter son sommeil et l'aider simplement à compléter l'effet du vin de Prébois afin que l'arc-en-ciel promis par la Grimaude fût à dominante bleue.

La nuit fut très rassemblée en rêves de toute sorte. Ce fut une nuit à Lalley où l'on s'ennuya moins que certains jours.

L'enfant qui tuait le temps dormit paisiblement dans la chambre contiguë à celle de l'huissière. Il avait fait tant le zéro et si longtemps durant la soirée qu'il en gardait les phalanges tout endolories.

Il y eut un remue-ménage feutré jusqu'à minuit, qui donna de la tablature à tous les naturels. Ils transférèrent à grand-peine tous les coqs des basses-cours vers les bas-fonds des caves, dont ils obstruèrent les soupiraux avec des sacs. Car il n'était pas question, c'était un élément du plan collectif, que les réveille-matin de ces volatiles annonçassent demain le jour à grand fracas.

Parallèlement, il y eut toute la nuit un grignotis de souris diligentes qui chuchotèrent dans toutes les maisons. C'étaient les aiguilles, si longtemps retenues hier au soir, des pendulettes, des pendules, des carillons, des cartels, des oignons et des montres, sans oublier l'horloge du clocher, qui travaillaient diligemment à ravauder le temps perdu.

La jouvencelle à la serviette dormit du sommeil du juste dans le seul lit de sa vie dont elle se souvint par la suite qu'il était moelleux à souhait, en revanche, plusieurs célibataires de l'endroit rêvèrent qu'ils convolaient avec elle en justes noces. Les cloches sonnaient dans leur tête pour célébrer cet heureux événement.

C'était le tocsin que l'abbé avait pris sur lui de mettre en branle afin d'avertir la population que la main-forte venait d'arriver.

Il faisait un de ces matins de montagne trempé

comme une serpillière qui vous incite à vous recoucher.

L'aube était sale à l'est et le relief de l'Obiou, notre sommet, avait rébarbative allure.

Douze gendarmes en casque et gilet pare-balles pataugeaient dans le clair-obscur. Normalement la main-forte ne se compose que de deux hommes mais l'huissier en chef avait précisé en haut-lieu, en la réclamant : « Mon adjointe a été accueillie par une salve de coups de feu ! »

Cependant la Grimaude dorlotait contre son vaste sein l'enfant du temps perdu afin de l'éveiller en douceur car il allait falloir qu'il travaille.

Le père Bijoux buvait un café corsé que sa belle-fille venait de lui soumettre sur l'escabeau où il veillait l'arme au pied. Il daigna le trouver bon par une grimace.

Dans la gadoue de l'air brouillardeux on n'entendait que le cliquetis de la roue à aubes qui moulinait l'eau tranquillement.

Mais le tocsin avait réveillé bon nombre de villageois qui avaient décidé que personne ne ferait signer une décharge au père Bijoux. Ils s'asseyaient en cercle au fur et à mesure des arrivées devant la porte de la fabrique Bijoux, le cul dans les copeaux, tirant des sacs de quoi se sustenter et quelques bouteilles froides de ce vin de Prébois.

En langage d'aujourd'hui cette opération s'appelle un *sitting*. Elle consiste, après avoir copieusement saucissonné, à se rendre le plus inerte possible de façon à exténuer les représentants de l'autorité qui ont à charge, et à coups de pied, de vous lever du milieu. Avec une inertie convenable et souvent exercée, un bon *sittinger* arrive à peser une fois et demie son poids.

« Quelle heure est-il ? demanda le petit Chaussegros à la Grimaude.

— Sept heures et demie, répondit la Grimaude. Il est temps que tu t'y mettes ! »

Tout le monde, à Lalley, se souvient encore de ce jour où il fut sept heures et demie jusqu'à midi.

« Quelle heure est-il ? demanda le chef à l'un de ses gendarmes. Je crois bien que ma montre est arrêtée ? Nous devons donner l'assaut à huit heures deux. C'est le lever du soleil.

— Il est sept heures et demie, chef.

— Comment ? dit le chef en fronçant les sourcils. Moi aussi j'ai sept heures et demie, mais, voyez vous-même ! Le soleil va surgir derrière la Croix-Haute ! »

Le subordonné leva les yeux mais, à ce moment-là, une sombre barre de nuages effaça le jour qui tentait de se lever. Ce fut, ce matin-là, le seul rayon de soleil qui éclaira la journée.

132

De sorte qu'à part les aiguilles des tocantes, personne ne pouvait plus dire l'heure qu'il était. Même les cadrans solaires, si nombreux et si beaux en Trièves, ne servaient plus à rien.

« N'importe ! dit le chef gendarme. Il finira bien par être huit heures deux ! Je vais faire les sommations d'usage, ça fera patienter tout le monde. »

Il emboucha son porte-voix en carton-pâte (c'était le seul qu'on eût trouvé en ce pays tranquille) et, tourné vers la fabrique, il cria :

« Rendez-vous, père Bijoux ! Soyez raisonnable. Nous nous connaissons bien ! Ouvrez la porte et discutons ! »

Le vieillard répondit par un coup de fusil sec comme un pet. Les plombs en retombèrent en pluie aussi bien sur les *sittingers* que sur les vareuses des gendarmes.

À cet instant, un homme cauteleux s'approcha du chef gendarme subrepticement. Comme il était court et le gendarme grand, il se haussa sur la pointe des pieds pour atteindre l'oreille du chef. Il lui chuchota longuement quelque chose en pointant son index vers le balcon de la Grimaude.

Là-haut, le petit Chaussegros mirait le lever de ce sombre jour à travers le zéro de ses doigts rejoints.

Il y eut un long conciliabule entre le Judas et le chef gendarme, dont on distinguait bien à sa mimique qu'il n'en croyait pas ses oreilles. Ce Judas était un prétendant auquel le père Bijoux avait jadis refusé la main de sa fille, et il était ravi, ce jour, de le savoir dans le besoin.

« Oh là là ! Vous croyez ? dit à la fin le chef gendarme. Mais dans ce cas, il faut que j'en réfère en haut lieu ! »

Il portait en sautoir un vieux téléphone de campagne qui le dispensait d'en appeler à celui de la Grimaude. Il consulta une dernière fois sa montre d'un geste saccadé. Rien à faire ! Elle marquait sept heures et demie. Il tourna la manivelle.

Cela prit longtemps pour qu'un interlocuteur valable arrivât jusqu'au bout du fil. Quand ce fut fait, le chef annonça sa qualité et dit :

« Je voudrais parler à monsieur le préfet. »

Un rire de dérision répondit dans l'écouteur.

« Rien que ça ! dit une voix. À huit heures du matin ! Monsieur le préfet se fait la barbe !

— Eh bien, dites-lui qu'ici le temps s'est arrêté et qu'il m'est impossible de remplir ma mission ! »

Un glissement de pantoufles avertit le chef gendarme que la communication allait être éta-

134

blie. Il s'écoula une minute environ jusqu'à ce qu'une voix ne résonne dans l'appareil.

« Ici le préfet. Qui est à l'appareil ? »

Le chef rectifia sa position, salua le téléphone et annonça sa qualité et d'où il appelait et ce qu'il avait mission de faire, c'est-à-dire donner l'assaut à la maison Bijoux à Lalley à huit heures deux, heure du lever du soleil.

« Et alors ? dit le préfet. Où est la difficulté ? »

— C'est qu'il est sept heures et demie et qu'il n'est pas près d'être huit heures deux.

— Comment ça, sept heures et demie ! J'ai les yeux sur la pendule de mon bureau et il est huit heures dix !

— Votre heure est meilleure que la mienne, monsieur le préfet, mais ici il n'est que sept heures et demie. Et là-devant, il y a peut-être cent personnes prêtes à témoigner qu'il n'est que sept heures et demie à leur montre, à leur pendule, à l'horloge du village !

— Et alors ?

— Et alors on n'arrête pas les gens avant le lever du soleil !

— Mais il est levé depuis huit minutes !

— Pas ici ! C'est complètement bouché ! Couleur mine de plomb !

— Eh bien, passez outre !

— Que nenni ! dit le chef. Si je mets au procès-verbal que nous avons fait intervenir la main-forte à sept heures et demie, le moindre avocat nous dira qu'à cette heure-là, le 10 octobre, le soleil n'était pas levé ! Et moi je me ferai taper sur les doigts ! (Il grommela entre ses dents :) Et vous irez expliquer, vous, au conseil de discipline, que si ce jour-là il n'était que sept heures et demie à Lalley alors que partout ailleurs il était huit heures dix, c'était parce qu'un enfant de dix ans retenait le temps prisonnier !

— Je vous entends mal, dit le préfet. Je vous demande qui nous joue ce tour ? »

« Tant pis ! se dit le chef. Il l'aura voulu ! »

Et dans l'appareil il lâcha :

« Un enfant, monsieur le préfet ! Un enfant de dix ans ! Tant qu'il ne dénouera pas le zéro qu'il dessine entre son pouce et son index refermés il sera sept heures et demie à Lalley !

— Mais emparez-vous donc de lui et faites-lui cesser ce jeu stupide ! »

Le chef marqua un silence avant de répondre. C'était un homme paisible et de mûre réflexion.

« Monsieur le préfet, nous assiégeons déjà un contrevenant de quatre-vingt-quatorze ans qui jouit de l'estime générale, si en plus j'envoie quatre hommes en uniforme martyriser un gosse pour lui desserrer les doigts, ça va être l'émeute. Les villageois s'assemblent ! Plusieurs ont le fusil en bandoulière comme s'ils partaient à la chasse et... »

Le tableau était bien brossé. Le préfet était intelligent. C'était un coup, s'il était mal négocié, à se faire mettre au placard pour jusqu'à la retraite.

« Ça va ! dit le haut fonctionnaire. Je vous rappelle ! »

Le chef raccrocha. Là-bas, les *sittingers* goguenards échangeaient des plaisanteries en patois du Trièves. Mais l'huissière ne l'entendait pas de cette oreille. Elle piaffait derrière les gendarmes qui l'empêchaient de passer. Elle se fût fait fusiller par le vieillard tant l'indignation contre cet homme qui n'avait pas peur de la loi la mettait hors d'elle, la rendait héroïque.

Pendant ce temps, à Grenoble, la préfecture était le théâtre d'un débat cornélien.

Le menton dans la main, le préfet considérait en méditant le méchant tableau suspendu au-dessus de la cheminée entre deux guirlandes de plâtre. C'était un étrange portrait qui était là depuis toujours et qu'aucun préfet n'avait jamais eu l'idée de décrocher pour le descendre à la cave. Il représentait un petit homme replet avec une grosse tête à faire peur, aggravée de rouflaquettes. Il portait l'uniforme des consuls de France. Son regard était vif et lucide mais il arborait un crispant sourire à multiples fossettes qui avait l'air de se foutre ouvertement du monde et notamment de ce préfet enfoncé dans l'absurde jusqu'au cou.

Le préfet se leva, arpenta cinq ou six fois de long en large la diagonale de son vaste cabinet. Et tout en marchant, il conversait avec soi-même à haute voix :

« J'ai beau, se disait-il, compulser mon extra-ordinaire mémoire, force m'est de reconnaître qu'un pareil cas n'a jamais été évoqué à l'ENA[1]. Arrêteur de pendules ! Est-ce que c'est un métier ? Est-ce que c'est un cas pendable ? C'est-à-dire contrevenant à la loi ? Puis-je faire incarcérer un arrêteur de pendules ? Et âgé de dix ans, par surcroît ! *That is the question !* Et quand bien même ! Les pendules de Lalley se remettraient-elles à l'heure ? Si j'en réfère en haut lieu, je vais me couvrir de ridicule. Ils vont prendre leur air le plus rieur pour me dire : "Mais voyons, mon ami ! Reportez-vous à la loi du tant (vous trouverez bien !). Paragraphe tant, alinéa tant, troisième amendement et appliquez !" »

Heureusement, ce préfet était un homme qui savait vivre. Une longue pratique des allées du

1. ENA : École nationale d'administration.

pouvoir l'avait affermi dans la certitude que, quelle que fût l'issue de ce conflit, celle-ci serait de toute façon préjudiciable à quelqu'un et que la responsabilité lui en serait imputée.

Il ne lui restait plus qu'à mander son chef de cabinet et à lui dire :

« Quand vous recevrez un dossier nommé Bijoux vous le passerez, avec les urgences, sous les cinquante-trois autres. »

En agissant ainsi, selon le calcul des probabilités, ce fonctionnaire avait quelque chance d'être muté avant que le dossier Bijoux ne refît surface.

« Ah ! Encore un mot ! » dit-il.

Il pointa l'index sur le portrait entre les deux guirlandes de plâtre.

« Vous me décrocherez cette croûte, dit-il, et vous me l'enfermerez dans le placard à balais ! Le nez au mur ! » précisa-t-il.

Ce qui fut fait.

Pendant ce temps à Lalley, les douze gendarmes enjambaient les *sittingers* impassibles et regagnaient en bon ordre les camionnettes qui les avaient transportés.

« Mais qu'est-ce que vous faites ? Vous m'abandonnez ? Et mais alors ! J'ai là une assignation dont le coût est de six cent soixante-quinze francs et soixante-cinq centimes ! Qui va me les payer ? »

C'était l'huissière, au comble de l'indignation, qui les apostrophait.

Alors un grand Lalleyan avec une grosse tête arracha son béret à sa tignasse, mit au fond un billet de cinquante francs et dit :

« À votre bon cœur, messieurs dames ! »

Et il se mit à son tour à enjamber les *sittingers* en secouant son béret et en répétant son antienne. Qui dix francs qui quarante sous, qui un gros billet (la Grimaude, attendrie, donna cent francs) le béret contint bientôt assez pour que le grand Lalleyan allât faire sa révérence à l'huissière :

« Gente dame, si vous voulez bien tendre votre escarcelle !

— Grossier personnage ! » dit l'huissière dont le vocabulaire n'allait pas en deçà de celui du XXᵉ siècle.

Mais elle comprit néanmoins tout de suite et ouvrit grand la serviette noire pour que tout y tombât dedans.

Les gendarmes s'asseyaient en bon ordre sur les bancs des camionnettes. Une ovation formidable saluait leur départ. On fit une ovation aussi à l'aérienne huissière, toute droite et digne sur son vélo et qui disparaissait à l'horizon des virages comme s'estompe un fantôme irréel.

Les coqs qu'on avait délivrés de leurs caves s'époumonaient à qui mieux mieux pour rattraper ce qu'ils avaient perdu de jour. Le père Bijoux sortait de son antre tout ébouriffé de poudre et reçut l'ovation à son tour.

Les *sittingers* se remettaient debout, un peu navrés de n'avoir pu esquinter les gendarmes par leur poids inerte.

Là-haut, l'enfant à la balustrade, couvé par le regard attendri de la Grimaude, secouait sa main ankylosée par le zéro qu'il avait formé si longtemps. Lui aussi on l'acclama.

En un mot ce fut une liesse extrême. Comme les coqs qui rattrapaient le temps perdu, l'horloge du clocher lâcha soudain douze coups qui rappelaient à l'ordre. C'était le sacro-saint repas de midi qui conviait tout le monde autour des tables. Et comme pour être narquois à son tour, le soleil, un bref instant, cligna de l'œil dans un golfe des nuages.

Jamais, à Lalley, personne n'avait été si heureux.

Mais quand même, on n'était pas stupide au point de croire qu'une telle question d'argent pourrait rester sans suite.

On savait bien qu'il viendrait d'autres huissiers, d'autres gendarmes, d'autres juges qui appliqueraient la loi à la lettre.

Alors, par tout le Trièves, on tissa une vaste toile de solidarité autour de tous les nostalgiques qui voulaient sauver les joujoux Bijoux. Il y eut des nostalgiques secrets, lesquels refusèrent qu'on publiât leur nom. Il y en eut de spontanés et de réticents, lesquels eurent besoin de nuits de réflexion pour lâcher quelques billets.

À ceux-ci, les nostalgiques au grand jour dirent :

« Montez à votre grenier ! Vous avez sûrement dans un coin un cheval sauteur en bois qui vient de cette fabrique. Ce n'est peut-être pas vous qui l'avez chevauché, c'est peut-être votre père ou votre grand-père mais penchez votre nez dessus : l'odeur est celle de nos forêts ! C'est un peu cette odeur qui vous a fait ce que vous êtes ! »

Certains se bouchèrent les oreilles mais leurs femmes dans la nuit leur chuchotèrent :

« Souviens-toi ! C'est sur un arbre abattu qui portait la marque de cette fabrique que tu m'as caressé la main pour la première fois ! Souviens-toi. Tu m'as parlé du parfum de cet arbre écorcé et c'est à cause de ça que je t'ai pris ! »

Le monsieur de Tréminis qui passait pour avare donna trois louis d'or en grommelant que surtout on ne lui raconte pas la triste histoire de ce nonagénaire en proie aux créanciers. « Parce que, dit-il, je suis en train d'écrire un long roman à thèse et que ça risque fort de m'en gâter l'écriture ! »

Le petit Chaussegros était retourné au *Bord de route*, manger les ravioles de son père et se faire remarquer par la Juliette Surle qui avait vu dans le journal, à propos de l'esclandre de Lalley, le nom et la photo d'Élie.

Il faut préciser ici que la Juliette Surle était l'institutrice des filles et qu'il faut admirer combien les poètes aiment toujours un peu au-dessus de leur condition. Mais le prodige de

Lalley avait rehaussé Élie d'un bon pied au-dessus du commun des mortels. Et, quand elle le voyait, la Juliette Surle ne pouvait réprimer le sourire radieux qui soudain éclairait son visage poupin.

C'est dans cet état de félicité qu'on vint quérir Élie Chaussegros pour aller présenter l'appel au peuple à M. Sémiramis à la Commanderie.

« Puisque tu le connais bien, lui dit-on. Puisque tu lui as rendu service. »

L'appel au peuple consistait en une longue liste de souscription où chacun avait donné qui un franc qui vingt-cinq centimes. Quand il lut ce pathétique obituaire où chacun s'était inscrit pour exprimer son regret d'autrefois, M. Sémiramis hocha la tête et dit :

« Ça ne fait même pas dix mille francs et les dettes de M. Bijoux ça fait plus d'un million.

Il posa sa main sur l'épaule d'Élie et il lui dit :

« Viens avec moi ! »

Ils escaladèrent un escalier rustique où, au fur et à mesure que l'on s'élevait, une odeur de navire venait à votre rencontre. Ils débouchèrent dans un grenier de théâtre où quelques rayons de soleil venus de quelques meurtrières faisaient jouer la poussière en des glaives compacts qui tranchaient l'obscurité, chargés de cette vie grouillante et rapide des particules qui fait s'asseoir longuement les enfants pensifs lorsqu'ils en rencontrent un.

La charpente était incurvée comme le fond d'une caravelle, comme si l'on avait renversé cul par-dessus tête les cales de chêne d'un bateau d'autrefois. Et sous cette cathédrale imposante d'arbres domestiqués pour soutenir une toiture il y avait, brillant dans les rayons poussiéreux que le soleil dardait à travers l'espace sombre, le plus beau rassemblement d'oiseaux immobiles que l'on pût rêver.

Ils étaient sagement disposés dans leurs cages sur de longues étagères et il y en avait des centaines. C'étaient des automates aux voix suaves qui avaient enchanté les salons d'autrefois. Le petit Chaussegros n'en croyait pas ses yeux. Il défilait devant ces merveilles chatoyantes, accompagné par la voix chuchotante de M. Sémiramis.

« C'était la collection d'automates de ma mère, disait le maître de la Commanderie. Il y en a qui sont en argent, il y en a qui sont en cristal, il y en a qui ont été filés à Murano par des artistes du Quattrocento.

Il défilait devant tous ces becs fermés, ces pattes factices qui serraient délicatement le perchoir où on les avait vissées. Tous ces oiseaux inventés avaient des poses avantageuses comme des acteurs de comédie.

« Attends ! » dit M. Sémiramis.

Il venait de s'arrêter devant une grande nacelle qui brillait sobrement sous le reflet indirect d'un rayon de soleil.

« Celle-là elle est en or ! dit-il. Elle était au Temple, à la prison. Elle appartenait à Marie-Antoinette. On l'avait autorisée à la sortir de Versailles pour amuser ses enfants. Tu étudies l'Histoire de France ?

— Un peu, dit Élie.

— Et la musique ?

— Non, dit Élie. Vous comprenez chez nous, on n'a pas le temps.

— Attends ! » dit Sémiramis.

Délicatement, il tira la cage historique hors de sa niche. Il la déposa sur une massive table à écorcher le cochon, laquelle arrêtait justement un rayon de soleil qui butait sur elle en un faisceau compact. Sémiramis ouvrit la porte de la cage. À côté de l'oiseau, elle contenait une manivelle d'or bénarde dont le trou s'enfonçait sous les barreaux. Lentement, avec précaution, Sémiramis tourna longtemps cette clé en prêtant l'oreille au mécanisme qu'il était en train de remonter.

« Tu comprends, dit-il, quand Jolaine était en vie, souvent, le dimanche matin, je venais chercher cette cage. Je la déposais sans bruit sur sa table de chevet. Elle s'éveillait en écoutant cette musique et moi je n'arrêtais pas de contempler son sourire. »

Tandis qu'il parlait, il avait déclenché un levier sur le socle de l'objet d'art et il avait pris par la main le petit Chaussegros pour le faire s'approcher du rayon de soleil où l'oiseau, tout rouge et or, commençait à tourner la tête en ouvrant le bec.

« Écoute bien ! chuchota Sémiramis à l'oreille d'Élie. Tu n'a jamais entendu de musique ? Eh bien tu vas comprendre ! »

Alors s'éleva de l'oiseau factice, qui s'agitait d'un mouvement saccadé comme celui d'un maître de danse, une mélodie qui exprimait la joie la plus vive. Il sifflait bien mieux ce merle moqueur que s'il eût été vivant. Le petit Chaussegros prit dans l'estomac comme un coup de poing ce chant impertinent qui durait qui durait qui modulait qui s'étendait sur la dimension d'église du grenier, qui n'arrêtait pas d'inventer, de détruire ce qu'il avait inventé pour le reconstruire avec les mêmes éléments miraculeusement intervertis. C'était un château de cartes de musique. C'était le tour de passe-passe d'un illusionniste qui vous fait croire à l'irréalité.

Un fauteuil voltaire haut et docte, en même temps qu'un peu ironique par ses galbes subtils, se trouvait là, à côté de la table.

Le petit Chaussegros s'y laissa choir, les jambes coupées. La sarabande de sons filés par ce minuscule orifice du chanteur des forêts dura longtemps, longtemps... Le temps que le rayon de soleil chargé de poussières antiques se déplaçât hors de la table pour glisser sur le parquet grossier du grenier.

Sémiramis s'était agenouillé à côté d'Élie et il contemplait son visage.

Le silence qui s'abîma dans la dernière cascade de sons tira un soupir à l'enfant qui tuait le temps. Le prodige qui l'habitait lui parut soudain dénué d'intérêt.

« Quand j'entends cette musique, dit Sémiramis, tous les sourires sont celui de Jolaine.

— Qu'est-ce que c'est ? » dit Élie

Il se comprimait la poitrine et dessous il sentait la révolte de son cœur qui battait.

« C'est la *Petite Musique de nuit*, dit Sémiramis.

— C'est qui qui l'a faite ?

— Mozart, répondit Sémiramis.

— Mozart ! répéta l'enfant.

— Voici ! dit Sémiramis. Tu vas prendre cette cage, cet oiseau et cette musique, et tu vas porter tout ça au père Bijoux. Tu lui diras que surtout il ne se laisse pas avoir ! Il y a une estampille repoussée sous le socle de la cage. N'importe quel collectionneur en donnera le double de la dette du père Bijoux ! »

Il se redressa péniblement car il était resté beaucoup trop longtemps agenouillé. Il prit par la main l'enfant, qu'il fit lever.

« Viens voir ! » dit-il.

Là-bas, à la proue du grenier, dans la pénombre, on distinguait un ensemble disparate, d'où émergeait le fantôme d'un sapin de Noël tout flétri mais qui portait, encore suspendues, les guirlandes d'argent dont on l'avait paré la nuit où il avait été le roi de la fête.

À ses pieds, à profusion, gisaient dans des caisses ces joujoux de bois que fabriquait le père Bijoux : jeux de croquet dépareillés, avec leurs arceaux rouillés ; trains baroques aux roues disloquées, mais encore jaunes et verts ; quilles sur le point de se séparer en deux tant l'effet de la sécheresse avait agrandi les fissures du bois mais dont la tête était toujours aussi rouge ; et le fameux cheval de bois vissé sur un tricycle aux roues écrasées parce qu'un adulte de quatre-vingts kilos, un soir de liesse, avait eu l'idée saugrenue de le chevaucher.

« Chaque fois que je viens ici et que je regarde ce tombeau à jouets, dit Sémiramis, je veille mon remords. J'ai été heureux pendant toute mon enfance. Heureux d'une manière inouïe. Ma mère m'aimait... », dit-il.

150

Il parlait comme s'il était seul.

« Et j'ai tué ma mère... », acheva-t-il à voix basse.

L'enfant, qui contenait toute la substance de Kronos au centre de son être, se garda bien de s'exclamer à cet aveu ni de dire à Sémiramis qu'il connaissait déjà son histoire.

« Mais tu comprends, dit Sémiramis, il me fallait choisir entre ma mère et mon amour. Tu comprends ?

— Non », dit l'enfant.

Sémiramis se tourna vers lui et lui murmura, les yeux dans les yeux :

« Fasse le ciel que tu n'aies jamais à faire ce choix ni à essayer de le comprendre.

— "Fasse le ciel..." », répéta l'enfant ébloui.

Il se promit qu'à la première occasion il proférerait ce « fasse le ciel » devant la Juliette Surle.

« Mais, avoua Sémiramis, je ne te fais pas ce cadeau au père Bijoux sans une idée que j'ai derrière la tête. »

Il tendit la cage précieuse à l'enfant, qui s'en saisit avec respect. À côté de l'oiseau, il contemplait en reflet la tête de Marie-Antoinette qui avait dû être si belle.

« Tu comprends, expliqua Sémiramis, bien sûr je te laisserai la cage même si tu dis non, mais j'ai besoin de toi. Tu comprends, répéta Sémiramis, tu connais mon métier ? Je rends les oiseaux à leur lieu primitif. Je les reconduis à leurs forêts, à leurs rochers, à leurs îles. Je les fais ramasser dans toute l'Europe par des gens de sac et de corde que je paye à tant l'oiseau. Quand mon voilier est plein, je lève l'ancre et je pars pour le vaste monde. (Il marqua un temps d'arrêt.) Je redistribue », finit-il par dire.

Il reconduisit doucement l'enfant, en l'aidant à transporter la cage d'or, jusqu'au rez-de-chaussée.

« Mais pourquoi continuez-vous à faire ça, questionna Élie, puisque vous le faisiez pour elle et qu'elle est morte ?

— Parce que je crois prolonger sa vie en faisant encore ses volontés, répondit Sémiramis. (Il poussa un profond soupir.) Jusqu'ici c'était facile, reprit-il, les douaniers, à Marseille, sont tous de braves types et ils aiment les oiseaux. Alors ils ferment les yeux quand mes gars arrivent avec des camionnettes pleines de cages. Seulement voilà, depuis peu, ils viennent de toucher un brigadier qui a de l'ambition. Il vient juste d'avoir son premier enfant et il veut qu'il ait un avenir royal, alors il fait du zèle. Il a dit que la prochaine fois que j'appareillerais, il organiserait une perquisition sur le bateau.

— Et c'est quand, ça ?

152

— Dans huit jours, précisa Sémiramis. J'ai reçu des télégrammes de partout m'annonçant de bonnes prises. C'est bientôt Noël. Toutes les oiselleries sont pleines de chants de détresse. Mais il y a ce brigadier. Et pour comble de bonheur, des gens qui aiment les oiseaux en cage se sont constitués en association sans but lucratif. Ils poussent à la roue pour qu'on arrête les auteurs de tous ces enlèvements. Notre brigadier est tombé juste à point.

— Mais qu'est-ce que je pourrai faire ? dit l'enfant.

— Lui arrêter son réveil. Ils font les trois huit par équipes mes douaniers. Dans huit jours, j'appareille à dix heures et demie du soir. De nuit, tu comprends, quand les oiseaux dorment. Sinon, on entendrait leur chant jusqu'à Notre-Dame-de-la-Garde. Le brigadier arrivera à dix heures pour perquisitionner. Si son réveil ne sonne pas...

— Marseille ! s'exclama l'enfant. Mon père ne voudra jamais !

— Pourquoi ?

— Parce qu'il y est descendu une fois et qu'on lui a fauché son imperméable.

— Attends ! dit Sémiramis. Je vais te raccompagner. »

Dans la cour, il sortit du garage une antique

limousine verte qui avait servi à son père autrefois. Sémiramis aimait son humilité.

Il alla plaider la cause de l'*Aréthuse* auprès du
père Chaussegros, lequel, dès l'abord, se montra
réservé. Sémiramis n'avait jamais été un client.
Celui-ci était végétarien, lui avait-on dit.

D'autre part, ça ne lui déplaisait pas que son
fils aille mystifier quelqu'un dans la ville même
où il avait été victime d'un larcin.

« Ce sera souvent ? demanda-t-il. Ça ne risquera
pas de perturber ses études ?

— Oh, trois fois par an tout au plus ! Et je
m'arrangerai pour que ce soit pendant les va-
cances. »

L'aubergiste branla du chef en un geste d'ac-
quiescement qui l'engageait à peine mais que
Sémiramis prit pour un oui bien franc.

« Dans ce cas, dit-il, vous me rendez bien service et ce sera pour la Toussaint. »

Chaussegros, surpris, regarda Élie qui tenait
la cage d'or comme le saint sacrement.

« Qu'est-ce que c'est ça ? dit-il.

— C'est ma contribution à la souscription
Bijoux », dit Sémiramis.

Chaussegros fit la grimace.

« Ça ne fera pas beaucoup d'argent, dit-il.

— Papa ! Ça vaut plus d'un million ! avoua
Élie à voix basse.

154

— Un million ! »

Chaussegros n'en revenait pas.

« Un million ! répéta-t-il. Vous donnez un million pour la souscription Bijoux ? »

Sémiramis acquiesça.

« Je suis en train de me ruiner pour une femme. Je peux bien le faire aussi pour un souvenir d'enfance.

— Mais une femme c'est vivant, c'est chaud, ça console !

— La mienne est morte ! » dit Sémiramis.

Chaussegros tourna le dos à son hôte et passa derrière le comptoir. Il ouvrit un tiroir, en sortit un carnet qu'il assena sur le zinc. Il fit un gros chèque qu'il signa et le tendit à Sémiramis.

« Tenez ! Il ne sera pas dit que vous aurez été le seul à être prodigue ! »

Sémiramis leva les bras en signe de dénégation.

« Pas à moi ! dit-il. C'est votre fils qui va aller remettre la cage au père Bijoux. Nous y allons de ce pas avec votre chèque ! »

Chaussegros tendit sa patte velue et carrée au maître de la Commanderie.

« Venez un jour, dit-il, je ne vous ferai que des légumes et nous mangerons ensemble. »

La Toussaint arriva. Ce fut à cette occasion que le petit Chaussegros fit connaissance avec la première gare de sa vie.

C'était une gare coquette que celle du Percy et même un peu mythique. Elle avait beau être semblable à toutes les gares, le pays qu'elle commandait la rendait originale malgré elle, parce que l'Obiou, le Grand-Ferrand et le mont Aiguille l'écrasaient de leur masse pour en faire un nid. La plaque bleue qui annonçait le Percy était déjà rassurante. Et l'étage, avec, sur chaque façade, ses deux fenêtres agrémentées de rideaux en vichy rouge et blanc, en faisait un souvenir que l'on gardait pour toujours.

Une sonnette éternelle quoique sourde envahissait l'ouïe et vous endormait doucement. Sur le berceau du puits obligatoire, de petites roses communes éclosaient à profusion huit mois sur douze et il y avait trois rangées de poireaux dans le minuscule potager. Une palissade en traverses de ballast abritait ce jardin d'un vent venu du nord. Les quais étaient propres et luisants comme si une ménagère les eût entretenus, et, au milieu, suspendue entre la porte de la lampisterie et celle de la Salle d'Attente, il y avait cette grosse horloge compacte dont on entend le cœur sourd lorsqu'on passe dessous.

Rien ne rassure autant l'homme que le havre d'une petite gare de province un soir de pluie. Et ce fut par un tel soir que l'enfant la découvrit. Dans ce début du crépuscule où les sapins sous le brouillard sont au ras du sol, il vit, pour la première fois, ces rails mystérieux qui s'en vont de part et d'autre de cet îlot de sécurité, vers des lointains redoutables.

Mais notre voie est aussi charmante que cette gare du Percy où tant de choses vont se passer.

En Trièves, autrefois, nous nous sommes offert le chemin de fer le plus étrange du monde. Il a été conçu par une femme dont le nom s'est perdu. Et pourtant, de La Faurie-Montbrand à Pont-de-Claix, on dirait une longue signature écrite sur les montagnes.

Son parcours est prodigue en arabesques dessinées à l'aide d'ouvrages d'art à profusion. Il est paraphé de brefs ponceaux entre des tunnels oblongs semblables à des tuyaux d'orgue et qui vomissent l'odeur de la montagne dans leurs courants d'air.

On ne sait pas, on ne saura jamais, si le pays a été créé pour le chemin de fer ou le chemin de fer pour le pays. C'est en tout cas un poète qui l'a installé, comme un enfant, devant une grande table, installe celui que Noël lui a envoyé par l'intermédiaire de son Père.

On n'y a pas oublié un seul château d'eau sur pilotis, un seul sémaphore, un seul crocodile. Aucune de ces gares de poupée aux volets bleus ne manque à l'appel des kilomètres jalonnés en rouge tout au long du ballast et qui serpentent de ruisseaux en forêts et de prairies en maisons à mystère.

On se promène là-dedans comme dans une galerie de tableaux car il y en a un dans chaque creux, sur chaque tertre.

Entre Saint-Michel-les-Portes et Clelles, au bord du torrent, à chaque peuplier qui lève le doigt vers le ciel pour se signaler, il y a une ferme qui obéit docilement aux lois de la nature, c'est-à-dire que son toit est très pentu, qu'elle est couverte de petites tuiles dont on incurve les bords pour donner moins de prise au vent, et sous cet abri soutenu par de grosses poutres, il y a toujours un grenier à foin plein ou vide suivant qu'on est au début de l'hiver ou à celui du printemps. Et ce grenier, les soirs de tempête, joue du violoncelle comme une grande personne.

Sur cette ligne, on a installé un train vert avec six wagons qui circule dans les deux sens à voie unique. On ne peut se croiser que par les gares, quand soudain les rails se divisent en deux. La montagne a permis une voie et c'est déjà beau, ça a coûté fort cher. Deux voies, c'eût été de l'extravagance.

Ce train tisse nos villages entre eux. Les enfants y sont rois. Il leur sert pour passer les concours entre écoles ou aller subir leurs examens au chef-lieu.

Mais, depuis que le monde est devenu ce qu'il est, de plus en plus de voyageurs l'empruntent, qui ne vont nulle part en particulier. Ils le font en se cachant des autres, jalousement, ne voulant partager le secret de leur plaisir ou s'exposer aux sarcasmes des pragmatiques.

C'est un train que désormais on ne prend plus que par passion. Il draine une clientèle universelle quoique clairsemée, pour laquelle prendre le train ce n'est pas voyager mais remonter le temps pour essayer de s'y arrêter à une époque que l'on aurait choisie ; pour espérer qu'on va faire ici, à la nonchalance de ces soixante à l'heure, la rencontre de sa vie qu'on croit toujours possible : une femme, un ami, quelque soir de grand vent, le souvenir poignant d'une maison dont la cheminée fume au bout d'un jardin et dont, à sa vue, on a envie de tirer la sonnette d'alarme pour crier : « Arrêtez ! Je viens de saisir un parfum que je croyais évaporé depuis cinquante ans ! Vous ne pourriez pas faire halte pour que je puisse le respirer encore un peu ? » Car celui qui a voyagé par ce train une fois dans sa vie emportera jusqu'à sa vieillesse le regret de ne pas être resté ici pour y monter tous les jours ou le regarder passer.

Hélas, pour la plupart de nous autres qui n'y voyons pas plus loin que le bout de notre nez, c'est un train qui va mourir et qu'on remplacera bientôt par une piste cyclable.

Mais l'enfant qui par ce soir de brouillard va consulter l'horaire à la gare du Percy pour aller perturber le temps sur le port de Marseille, cet enfant-là n'a pas encore de regrets et il ne connaît pas le monde.

Et c'est en débouchant de l'allée des épicéas qu'on a voulu très drus pour masquer la surprise de cette heureuse gare que l'enfant vit un spectacle bouleversant qui faillit bien lui faire oublier la Juliette Surle.

C'était une femme à l'étage de la gare, dont le calme d'une lampe à abat-jour de perles découpait la silhouette à travers les carreaux de la croisée.

Son visage était bien poudré et ses cheveux clairs bien ondulés comme si elle se préparait à sortir. Un beau col blanc en dentelle qu'elle avait dû tricoter elle-même embellissait sa gorge, mais ses grands yeux lavés de bleu exprimaient l'anxiété et le désarroi.

Elle soulevait le rideau en vichy rouge et blanc comme si elle attendait l'arrivée de quelqu'un.

L'enfant émerveillé mit longtemps à se décider à franchir le portillon peint en blanc et son regard conserva la vision plus longtemps encore.

Alors il fut témoin d'un autre spectacle singulier : un homme surgit de dessous l'horloge. Il portait un képi où étaient brodées en fils d'or quelques feuilles entrelacées d'un arbre dont on ne savait le nom. Cet homme était grand, maigre. Il avait des méplats ravagés. Il était sec comme un hareng saur.

Par la porte à petits carreaux d'un bureau mal éclairé, il venait de surgir tel un fantôme et, dans le brouillard qui se déchirait en lambeaux devant les lampes du quai, son étrange silhouette mettait l'enfant sur le qui-vive. Il lui semblait bien, autrefois, avoir rencontré quelque part cette forme funambulesque, mais on y voyait mal. La chiche lumière qui est le propre des gares de

162

province donnait à l'apparition un caractère spectral.

Un train annonçait son arrivée par la grosse cloche. À côté des voies, des écoliers se cha-maillaient dangereusement tout au bord des rails, se bousculant et prêts à se battre. Un homme d'équipe encombrait le passage avec un chariot débordant de valises et de malles.

Alors l'homme maigre, l'homme aux méplats qui guettait à l'horizon l'arrivée du convoi, cet homme, en un bond prodigieux, franchit sans élan la distance d'un quai à l'autre. Il fondit tel un aigle sur le groupe piaillant. Il les empoigna tous sans ménagement pour les écarter du ballast.

L'enfant au garde-à-vous avait assisté à ce bond, n'en croyant pas ses yeux. D'autant que, de l'autre côté, le sauteur ne paraissait pas avoir fait tant d'effort. Il pourchassait les galopins pour les éloigner du rail. Et ce faisant, il ne ces-sait pas d'avoir l'air triste, austère, désenchanté.

Un lampiste nonchalant balançait un grand fanal qu'il venait de garnir.

« Monsieur ! appela l'enfant. C'est pour un devoir à l'école ! Il y a quelle distance d'un quai à l'autre ?

— Cinq mètres soixante et quinze ! répondit l'homme sans se retourner.

— Cinq mètres soixante-quinze ! Sans élan ? Ce n'est pas possible ! »

Il se voyait concourir sous le préau de l'école avec le petit Migevan, le grand Ferrier et tant d'autres, à celui qui sauterait le plus loin à pieds joints. Ça ne dépassait jamais un mètre cinquante.

Le lampiste avait rebroussé chemin pour venir se placer juste sous le nez de l'enfant. Il puait le tabac et le pétrole lampant.

« Il est rigolo çui-là ! dit-il. Qu'est-ce que c'est qui n'est pas possible ?

— De sauter cinq mètres soixante-quinze sans élan !

— Et tu le sais, toi, ce qui est possible ou ce qui l'est pas ? En tout cas, pour notre chef, c'est l'enfance de l'art ! »

Il s'introduisit dans la bouche une grosse chique de tabac et de derrière cette bouffissure qui lui distendait la joue, il prononça mystérieusement :

« Et, depuis quelque temps, ce n'est pas notre seul sujet d'inquiétude. »

Le train sifflait, le train arrivait. Un train qui entre en gare, c'est toujours un événement extraordinaire. On ne le voit pas d'abord. On voit la vapeur qui le camoufle le faire soudain surgir hors d'elle comme une apparition.

164

Ça crée tout de suite une agitation intense : ceux qui sont dedans voudraient bien en sortir de crainte que le train ne reparte avec eux, et ceux qui sont sur le quai voudraient bien y entrer de peur qu'il ne reparte sans eux. Il semble que jamais les wagons ne vont pouvoir vomir ni absorber tous ces voyageurs encombrés de bagages qu'ils brandissent et il y a des cages à poules et il y a des voitures d'enfant à déplier et à replier et, la plupart du temps en pays de montagne, il y a d'immenses en-cas à déployer qu'on appelle des parapluies.

Soudain, comme par enchantement, et ce fut le cas encore ce jour-là au Percy, le quai redevint vide et propre. Il n'y eut plus aucun colis, aucun chien errant, aucun voyageur. Là-bas, au tournant de Saint-Maurice, le car qui emporte les villageois bien serrés sur les banquettes klaxonnait pour prendre son virage à gauche.

Mais le train, lui, ne partait plus. Il chuintait comme une bouilloire en lâchant sa vapeur au ras du ballast. Il attendait pour s'ébranler le sacro-saint coup de sifflet du chef de gare, lequel tardait à venir, comme toujours. Enfin on l'entendit, strident.

Alors, soudain, l'enfant captivé qui admirait le vert des wagons vit surgir en même temps par la glace abaissée d'une portière, à la fois une longue flûte et la tête d'un homme.

C'était un homme malade, c'était un homme méchant, cela se voyait à la bonasserie jaunâtre de son visage. Il avait tous les traits affaissés vers son menton et la bouche en tabatière comme un vieux clown fatigué. Néanmoins, il ne laissait pas de souffler dans sa flûte avec beaucoup d'énergie, cet air guilleret qui plaît tant aux bambins :

> *Il était un petit navire,*
> *Il était un petit navire*
> *qui n'avait ja, ja, jamais navigué*
> *o gué o gué o gué !*

Alors le petit Chaussegros assista à cet étrange spectacle : le chef de gare en enjambées prodigieuses qui s'efforçait de rattraper le train, qui y parvenait presque, qui agrippait la lanterne rouge du fourgon de queue mais qui y renonçait, puis qui montrait le poing au convoi, lequel disparaissait dans le brouillard.

Cela se passait sous le cèdre immense qui couvrait de ses ramures le château d'eau où la machine s'approvisionnait autrefois, mais qui aujourd'hui ne servait plus à rien.

L'enfant Chaussegros avait suivi de loin le chef de gare parce qu'il était dévoré de curiosité et qu'il voulait lui demander comment il faisait pour courir aussi vite, pour sauter aussi loin.

Il le voyait devant lui en silhouette, immobile et le poing toujours tendu. Et cette silhouette était tellement baroque que l'enfant en prit peur d'abord car le chef de gare était bossu, mais d'ordinaire les bossus n'ont qu'une seule bosse et celui-ci en avait deux bien parallèles, bien égales, bien proportionnées. En outre, il en avait une troisième, moins proéminente mais tout aussi bizarre. Elle soulevait sa vareuse à l'avant de son estomac. C'était le sternum de ce pauvre homme qui prenait ainsi ces proportions inquiétantes.

Toutefois ce n'étaient pas ces anomalies que l'enfant Chaussegros remarqua d'abord mais l'air d'infinie détresse qui ravageait les méplats du fonctionnaire.

Il s'approcha sans bruit de l'homme, il l'entendait haleter. Ils eurent ensemble de prodige à prodige, sous l'ombre complice du grand cèdre, l'un de ces conciliabules comme on n'en entend pas souvent.

« Pourquoi êtes-vous si triste ? » demanda l'enfant à brûle-pourpoint.

Le chef de gare se retourna. Il avait de beaux yeux abrités de longs cils. Il considéra l'enfant de pied en cap. Il vit un être trapu, les pieds bien sur la terre, vêtu d'un sarrau décent et chaussé de brodequins faits pour durer. En somme, le véritable élève de cours moyen épris de logique et d'arithmétique. C'était quelqu'un à qui l'on pouvait se fier.

« Tu ne l'as pas entendu l'autre, avec sa flûte ? »

Il fit un grand geste vers le train disparu.

« Si, je l'ai entendu. Il jouait *Un petit navire*. Il joue bien.

— Il ne jouait pas *Un petit navire*, il jouait *Il est cocu le chef de gare*, dit l'homme triste.

— Qu'est-ce que c'est *être cocu* ? demanda l'enfant.

— C'est n'avoir pas su rendre sa femme heureuse.

— Votre femme, c'est celle que j'ai vue à la fenêtre. Celle qui regardait derrière les rideaux ?

— Oui, dit le chef de gare, elle n'ose plus sortir. Elle se croit coupable. Tous les jours, celui-là, sauf le dimanche, il passe dans les deux sens, revenant du travail. Il est comptable chez Charmasson à Saint-Julien-en-Beauchêne et il habite au Monestier-de-Clermont. Il passe et il nous joue ça sur sa flûte. Tu crois que c'est une vie ?

— Mais vous savez pourquoi il fait ça ?

— Oui. Autrefois il a demandé ma femme en mariage. Elle l'a rebuté.

— Pourquoi ?

— Parce qu'elle avait peur qu'il lui joue de la flûte à longueur d'année. »

Il y eut un silence que seul commenta le doux mugissement des rames du cèdre sous le vent.

Un lourd soupir échappa au chef de gare.

« Tu comprends, dit-il, si le train s'arrêtait assez longtemps, je pourrais monter dans le wagon et lui casser sa flûte sur la tête. Mais deux minutes ! Je ne peux pas faire ça en deux minutes. D'autant plus qu'il prend la précaution d'attendre que le train s'ébranle. Tu comprends, reprit-il. Ma femme, avant ça, elle était enjouée, rieuse, elle allait à la foire de Mens à bicyclette. Elle parlait avec l'épicière, la demoiselle des postes, tout le monde ! Maintenant elle n'ose plus ! Elle s'enferme ! Et elle dépérit, parce que, tu comprends, c'est à hurler le soir au fond d'une gare quand on a épousé un chef de station ! »

Il eut un grand geste désabusé.

« Oh et puis ! Ce n'est pas mon seul sujet d'inquiétude en ce moment. »

Il médita un instant.

« Je vais te dire un secret », dit-il.

Il se pencha vers l'enfant Chaussegros et il lui chuchota à l'oreille.

« Je m'allège !

— Comment ça, vous vous allégez ?

— Oui. Je deviens impondérable petit à petit. D'ailleurs, tu as vu, tout à l'heure, quand j'ai sauté d'un quai à l'autre ? D'habitude, je réussis à me retenir, mais là... ces garnements qui risquaient de se faire écraser !

— Cinq mètres soixante et quinze ! s'exclama l'enfant.

— Oh, je me refrène ! Je peux faire beaucoup plus que ça ! »

Une soudaine bouffée d'orgueil l'incita à bomber le torse, mais cela lui fit horriblement mal à cause de son sternum proéminent. Il redevint terne et morne.

« J'ai beau me remplir les poches avec des galets. J'ai beau mettre des pierres dans ma casquette. Rien à faire, je suis léger. Tiens, j'ai même coulé du plomb sous les semelles de mes chaussures réglementaires ! Rien n'y fait. Je vais te révéler un détail intime : l'autre soir, ma femme, par jeu, s'est avisée de me soulever de terre. Elle croyait qu'elle n'y arriverait pas, eh bien, elle y est arrivée, et même, à un moment, elle m'a tenu sur ses bras ! Comme un bébé ! acheva-t-il en soupirant. J'avais honte !

— Et alors ? dit l'enfant. Vous voilà bien malade ! Vous croyez que ça m'étonne ? Moi, depuis ma naissance j'arrête l'heure ! Et tenez, c'est ça que je vais faire, moi, demain, à Marseille. »

Mais quand on est enfoncé dans sa propre misère, la plus merveilleuse révélation du monde vous laisse de marbre. Le chef de gare hocha simplement la tête et il continua à parler de ses malheurs :

« Ce n'est pas tout ! Tu as vu que j'ai deux bosses sur le dos ? Elles me démangent et elles sont placées de telle sorte que je ne peux pas me gratter ! J'ai demandé à ma femme de le faire pour moi mais elle les trouve si étranges, mes bosses, qu'il lui répugne d'y toucher. Elle me l'a dit : "Ça me répugne !" Et puis, pour comble de malheur, en haut lieu on commence à me faire comprendre qu'un chef de gare difforme, ce n'est peut-être pas ce qui convient le mieux pour une ligne touristique ! »

Ainsi chuchotaient-ils à voix basse sous le cèdre, dans la nuit propice, l'enfant qui arrêtait l'heure et le chef de gare affalé sur son malheur.

« Vous savez, dit l'enfant, vos bosses, je n'y peux rien, mais celui qui vous joue de la flûte, si c'est seulement une question de temps, je puis vous le donner...

— Deux minutes ! dit le chef. Si j'avais seulement deux minutes de plus, ça suffirait !

— À demain ! » dit l'enfant.

Et le lendemain, il était là sur le quai quand arriva le train du joueur de flûte.

Dès que le convoi eut freiné avec ce bruit épouvantable qui fait présager la rencontre probable avec un obstacle, l'enfant forma son célèbre zéro, et aussitôt la montre de gousset du chef de gare et l'horloge au-dessus de la salle d'attente s'arrêtèrent d'un seul mouvement.

En même temps surgit par la portière abaissée l'homme malade, l'homme méchant, plus jaune que jamais et brandissant la flûte épouvantable.

« Allez-y ! dit l'enfant. Je vous couvre et je vous suis ! »

Alors on vit le chef de gare franchir d'un seul bond la distance qui séparait son bureau du wagon de première classe. Il passa juste sous la flûte, dont le son lui perça les oreilles. Il surgit dans le compartiment où l'homme était seul, à part une porteuse d'œufs qui fit semblant de ne rien voir d'un bout à l'autre.

Le chef arracha la flûte au musicien et se mit à la lui casser sur la tête en plusieurs morceaux. L'homme s'affala dans son coin.

« Attendez, dit l'enfant qui avait suivi, je vais l'achever ! »

Il avait avisé chez l'homme méchant, à la fossette de son menton, une énorme verrue plate, aussi lui dit-il :

« Vous avez vu la verrue que vous avez là ? Elle va grossir, grossir ! Un jour elle sera aussi grosse que votre tête ! Un jour, elle vous remplacera la tête ! Vous aurez envie de la tripoter tout le temps ! Elle se mettra à la place de votre pensée. Vous passerez votre vie à vous dire : "J'ai une grosse verrue là !" Et vous deviendrez un tyran ! »

Il revint gaiement à cloche-pied vers le chef qui avait déjà le sifflet à la bouche.

« Bien fait ! dit l'enfant. Maintenant il va penser à sa verrue tout le jour et être seulement cocu lui paraîtra la chose la plus bénigne du monde !

— Monte vite ! dit le chef. Ça fait quatre minutes ! Et installe-toi en première ! »

L'enfant fit signe que non. Il escalada le marchepied d'un wagon de troisième et, de là-haut, il envoya un baiser au chef transfiguré.

Il s'installa dans un de ces compartiments des troisièmes classes où tout est fraternel : depuis la dureté des banquettes jusqu'à la précarité des filets suspendus au-dessus de votre tête. Du moins était-il certain ici de ne pas s'ennuyer.

Il aimait la compagnie des paysans qui tuent le temps comme ils peuvent en mangeant des œufs durs tout au long du voyage.

Dehors, au long des rails, accueillant le regard des voyageurs, un automne finissait. Un automne qui berçait la campagne sous la lassitude de ses frondaisons alourdies. Parfois, un érable jaune et rouge passait, puis disparaissait au loin. Le train jouait avec le crépuscule à grands coups de sifflet et les érables étaient si proches de la voie que le souffle de la locomotive soulevait des sarabandes de feuilles mortes.

Il y avait de quoi être heureux.

Ainsi, alors que l'*Aréthuse* était prête à quitter le quai de Rive-Neuve, l'enfant descendait de son Dauphiné natal pour arrêter d'un seul geste toutes les pendules de Marseille, du clocher des Accoules aux Quatre-Chemins, de Saint-Henry à Encol-de-Botte ; depuis les coucous de bistrot, rue du Jeune-Anacharsis jusqu'aux horloges de la gare Saint-Charles. Tout cela pour empêcher qu'un douanier trop zélé vienne entraver le chargement du voilier. Car il y avait des camionnettes embusquées dans toutes les petites rues qui avoisinaient le Vieux-Port. Et sur ces véhicules s'entassaient ces cages disparates occultées de draps et de couvertures afin d'empêcher les oiseaux de chanter.

Des hommes en chapeau mou, cigarette sous les narines, jouaient au zanzi sur des comptoirs obscurs au fond d'étroits bistrots. Ils étaient l'oreille aux aguets, attendant le signal que la cloche de l'*Aréthuse* devait leur répercuter par l'intermédiaire du plus proche véhicule et ainsi, de klaxon en klaxon, on saurait qu'on pouvait tous converger vers le voilier.

C'était la troisième fois que l'enfant venait exercer ses talents sur le Vieux-Port. Sémiramis l'attendait à l'arrivée du train. Il le faisait monter avec déférence à l'arrière de la limousine verte et l'enfant restait le nez à la portière pour voir poindre le navire à l'horizon.

C'était un bateau qui, même immobile, ne cessait pas de s'élancer. Solidement amarré au quai, on eût dit qu'il tirait sur ses ancres pour bientôt appareiller. Il était d'un blanc éblouissant, presque funèbre, et la houle imperceptible qui venait mourir ici, venant du large, le faisait encenser comme un cheval rétif.

Ce n'était pas un bateau, c'était une dentelle de bois. Rien n'avait l'air de peser en toute cette masse, ni cette carène arrogante, ni ce pont bien lavé, ni ces voiles carguées dont les ganses des ris dansaient au vent léger.

La majestueuse *Aréthuse*, qui datait du siècle dernier, avait été conçue par ses charpentiers comme une mariée destinée à la mer. Nulle tempête ne pouvait la saisir tant ses lignes fuyantes se dérobaient à la fureur des flots. Elle se jouait des vagues sans jamais se départir de son élégance.

Les douaniers venaient la voir par plaisir et ne lui auraient fait aucun mal pour un empire, sauf ce brigadier plein d'ambition et qui s'était juré de faire réintégrer leur cage à tous les oiseaux, désormais libres, de la terre.

C'était pour objurer les entreprises de celui-ci que l'enfant, à deux reprises, avait dû faire tressauter le temps.

Les autres douaniers, eux, se fiaient aux horloges, comme toutes les administrations, car celles-ci sont suspendues à l'heure qui passe. Pour elles, avant l'heure ce n'est pas l'heure, après l'heure ce n'est plus l'heure. L'heure est H., l'heure est aux réflexions, à la bonne heure, à la onzième heure, le bouillon d'onze heures, à l'heure où je vous parle, l'heure est grave. Il n'est question que d'heures (et jusqu'au livre d'heures) dans la vie bien réglée des hommes de cette planète ; si on leur soustrait l'heure, ils sont les bras vacants.

Les gabelous regardaient avec indifférence toutes ces camionnettes mystérieusement bâchées qui convergeaient vers le quai de Rive-Neuve, depuis la rue Sylvabelle, la place Thiars, la montée Saint-Victor, la rue Fortia, la place Victor-Gelu, les androns de la Major ou du boulevard Soustre constamment sombres. Ils contemplaient, depuis leurs chaises, l'*Aréthuse* se charger de voiles, du foc jusqu'au grand perroquet, jusqu'au cacatois, et encaper la passe avec la majesté d'un fantôme pour fuir jusqu'à l'infini, escortée par le pépiement innombrable des oiseaux regagnant leurs tropiques.

Le temps se remettait alors en marche comme une vague se referme, parce que dans la luxueuse cabine en bois des îles où on le faisait dormir, manger et jouer avec les astrolabes et la mappemonde, le petit Chaussegros, défaisait le zéro de ses deux doigts rejoints.

En cette lointaine époque, un Marseillais riche n'ouvrait jamais un livre, aussi fallait-il le voir courir les cartomanciennes à la moindre anomalie. Et en ce temps-là, le fait que le temps, justement, fût le siège de tant de soubresauts, emplissait d'inquiétude les populations. Aussi, les poches des hommes et les sacs des dames se chargeaient-ils de gri-gris et d'amulettes auxquels on s'accrochait convulsivement au moindre éclat.

L'enfant en riait sous cape, à chaque escapade, en attendant sagement en gare Saint-Charles le Marseille-Briançon, lequel, on ne sait pourquoi, avait toujours du retard. Il avait tort de rire car, sur ces entrefaites, il s'était produit un événement épouvantable dont le gamin du Trièves, qui en était responsable, ne pouvait pas mesurer la portée et dont la date et l'heure traversèrent le siècle dans l'histoire de Marseille.

Tout le monde a besoin de temps comme de l'air qu'on respire : que ce soit pour se réunir en vue de cambrioler une banque ou pour savoir où en est le dernier cours de Bourse d'une action qu'un initié vous a recommandée en secret ; ou bien pour courir à un rendez-vous d'amour ; ou bien pour prendre un train (imaginez des trains sans horaires...), ou bien pour observer la course des étoiles ; ou bien au monastère pour savoir distinguer entre nones ou vigiles, offertoire ou ténèbres.

Mais il y a un endroit en particulier où le temps pèse de tout son poids, de toute sa substance exterminatrice : c'est dans les quatre-vingt-dix mètres sur quarante d'un terrain de football. Et là, il y a un homme qui est à la merci du temps plus encore que tous les autres mortels réunis, et cet homme c'est un arbitre de la 3FA[1] un soir de grand match et celui-ci en était un.

Ce soir d'automne où l'*Aréthuse* appareilla pour la troisième fois, il était là le petit homme tout en noir, avec sa culotte de boy-scout et ses chaussettes vertes d'espérantiste, le chrono au

1. Fédération française de Football-association.

poignet et le sifflet suspendu en sautoir, tout seul, face à quarante mille costauds prêts à n'en faire qu'une bouchée si par malheur il se déjugeait. Quarante mille d'abord anodins, d'abord calmes et se casant sagement chacun à sa place ; quarante mille ayant tout laissé de leur vie en escaladant les praticables des tribunes : femmes, enfants, amours, joies et deuils, quarante mille dévots affermis dans leur foi en leur équipe ; quarante mille qui vont devenir, en cours de match, quarante mille passionnés, puis quarante mille jubilants, puis quarante mille indignés, puis quarante mille furieux, puis quarante mille forcenés, puis quarante mille meurtriers en puissance.

Ils sont là-bas, dans la pénombre des tribunes, anonymes, sous des sunlights camouflés à la lisière alors que l'arbitre, lui, est placé comme une cible, illuminé comme une scène de théâtre. De ces tortionnaires éventuels qui le convoitent, jamais l'arbitre n'en distinguera un seul.

Et soudain, émergeant des vestiaires comme le toro lâché hors du toril, voici les vingt-deux devant la porte dorée : en bon ordre, en file indienne, chaque équipe d'un côté du stade, en maillot blanc pour les uns, en maillot rouge et noir pour les autres.

Alors, avec une autorité qu'il devra garder

180

jusqu'au bout, l'arbitre donne le coup d'envoi. Alors, l'immense auditorium des tribunes commence sa litanie symphonique, tantôt tonitruante, tantôt *mezza voce*, tantôt l'expression de quarante mille glottes étranglées par l'émotion. Et toujours dans la pénombre ce mouvement de houle collective, ce barattement de la mer.

Ce soir-là l'affaire marcha bien pendant les quarante-cinq premières minutes de jeu où aucun but ne fut marqué puis pendant les trente premières minutes de la seconde mi-temps où l'OM inscrivit un but sous l'ovation interminable de la foule. Celui qui l'avait marqué fut, comme d'habitude, affalé sous ses copains, le visage mouillé sous les embrassades transpirantes.

Alors le Stade français se rua à l'assaut des buts de l'OM ne lui laissant aucun répit, occupant les vingt-cinq mètres à perpétuité, mettant en capilotade le cœur de quarante mille spectateurs.

Pendant dix minutes, jamais l'OM ne put se donner de l'air, les trois mille cinq cents supporters du Stade français qui avaient fait le déplacement en avaient des sueurs froides.

Encore y en avait-il bien cinq cents que leur patriotisme envers leur équipe n'avait pas empêchés de miser cent louis sur l'équipe adverse parce qu'on ne savait jamais... Mais ceux-là aussi avaient chaud pour leur mise.

La quarantième minute arriva au milieu d'un cafouillage horrible. Les trente-six mille cinq cents Marseillais avaient les yeux fixés sur leur bracelet-montre car l'OM souffrait. Le Stade français avait absolument besoin au moins d'égaliser s'il ne voulait pas descendre en deuxième division. De sorte qu'il menait des attaques suicide, et que, pour chaque équipe, les coups de sifflet et les cartons jaunes pleuvaient sur le stade.

Les chevilles des uns et des autres commençaient un douloureux challenge, à force d'avoir été vigoureusement quoique réglementairement frottées.

Mais dans les buts de Marseille et dans les dix-huit mètres de la surface de réparation, ce n'était pas un homme qui régnait, c'était un ange. Il s'appelait Laurent di Lorto. Huit jours auparavant, à lui tout seul, il avait contraint au match nul l'équipe d'Italie, la mythique *Squadra Azzurra*.

C'était le seul joueur que l'arbitre admirait sans mesure. Chaque fois que di Lorto captivait le ballon, il le regardait le serrer amoureusement contre lui, les yeux fermés, en roulant vers sa cage.

« Comme s'il enlaçait une fiancée ! » se disait l'arbitre subjugué.

Il aurait voulu l'aider, abréger son martyre,

lui accorder enfin un repos bien gagné. Et c'est pourquoi si fréquemment il consultait son chrono.

C'était l'instant où là-bas, quai de Rive-Neuve sur la sémillante *Aréthuse*, l'enfant du Trièves formait l'anneau fatidique qui allait permettre de tuer le temps un moment. Et cette facétie du père Kronos se répercutait instantanément jusqu'au Prado, jusqu'au boulevard Michelet, jusqu'au stade-vélodrome.

L'arbitre, levant le bras, s'aperçut que sa montre marquait la même heure que vingt secondes auparavant. Il faillit faire ce qu'on fait tous quand une montre n'avance plus : on la secoue et on la porte à son oreille. Mais un arbitre devant un parquet de quarante mille inquisiteurs n'a pas droit à ce geste. Il ne pouvait pas non plus et pour la même raison consulter ses arbitres de touche. Il tira à l'instant de son gousset le chrono en double qu'ont tous les arbitres et en même temps il jeta un coup d'œil furtif vers la grande horloge, au fronton de la marquise qui abritait la tribune d'honneur. Elle était arrêtée sur la même seconde que ses propres chronos. L'idée d'un sortilège vint aussitôt à l'esprit de l'arbitre.

Avec une formidable présence d'esprit, l'homme commença à compter mentalement. Un arbitre sait de mémoire combien dure une seconde. Il en avait encore deux cent quarante à égrener d'ici la fin du match car il croyait être le seul à être privé d'heure, de minutes, de secondes. Il ne savait pas que le temps avait été soufflé partout comme la flamme d'une bougie et que les quarante mille n'avaient plus à leur poignet aussi que des bracelets aveugles.

Ce furent les quatre minutes les plus pénibles de sa vie d'arbitre. Deux cent quarante secondes ! Il lui fallait ne pas perdre le fil de ces deux cent quarante secondes égrenées sur un rythme royal dans sa tête, en même temps qu'il sanctionnait les coups bas de vingt forcenés qui ne savaient même plus ce qu'ils étaient en train de défendre ni à quel jeu ils étaient en train de jouer.

Il ne siffla pas un penalty à demi imaginaire que les trois mille cinq cents supporters du Stade français réclamaient à grands cris, mais au milieu des trente-six mille cinq cents autres vociférants qui hurlaient « Di Lorto ! » sur l'air des lampions, on ne risquait pas de les entendre. « Car, se disait l'arbitre, s'ils ont comptabilisé les arrêts de jeu, je suis foutu ! » Pourtant un joueur était au sol, se tenant le genou et hurlant de douleur, puis, voyant que l'arbitre passait outre, ce joueur reprit tranquillement sa place.

Cent trente secondes ! Les vingt ne se trouvaient plus devant une porte dorée mais devant un mur des lamentations.

Le superbe di Lorto dansait littéralement avec le ballon qui lui appartenait. Sa sarabande effrénée entre les deux poteaux, à sept mètres de distance l'un de l'autre, avait quelque chose de divin ; de jeu stupide qu'il était au départ, le football-association se haussait soudain à la hauteur du grand art. Plusieurs des spectateurs qui étaient aussi des artistes en avaient les larmes aux yeux. *Cueillir le ballon* au milieu de quarante pieds menaçants devenait un récital de virtuose.

« Deux cent trente-neuf, deux cent quarante ! »

L'arbitre consulta aussi ostensiblement que possible son chronographe arrêté. Il siffla à pleins poumons dans son sifflet à roulettes. Il se répéta : « S'ils ont compté les arrêts de jeu, je suis foutu ! » Il siffla encore pour affirmer son autorité intacte. Il courbait l'échine. Mais il y avait le hurlement de joie des trente-six mille cinq cents, et d'ailleurs les supporters du Stade français eussent été bien incapables de faire état des arrêts de jeu puisqu'ils n'avaient plus d'heure eux non plus.

Dix joueurs en maillot blanc devenu noir à force de sueur et de mise au sol se ruaient sur leur goal, le soulevaient de terre, faisaient au-dessous de lui l'arc de triomphe et le promenaient ainsi à fond de train autour du terrain.

À terre au coin de la pelouse, il y avait un homme les bras en croix qui tenait encore son sifflet à la bouche. C'était l'arbitre, ivre d'émotion, qui venait une fois de plus de consulter sa montre et de s'apercevoir que celle-ci s'était remise tranquillement en marche pour rattraper le temps perdu.

L'homme à terre se mit à pleurer de joie devant cette résurrection de son bien le plus précieux car un arbitre auquel on a confisqué le temps est un homme plein de misère.

Pendant ce temps, fantomatique dans la nuit claire, l'*Aréthuse* toutes voiles dehors s'évadait de l'antique Lacydon. On eût dit une mariée marchant vers l'autel.

Ce jour-là, au lieu de revenir par le train, l'enfant fut convié par Sémiramis à prendre place dans la limousine que le Calixte Baquier, le régisseur, ramenait à la Commanderie.

Ah, le bel automne qu'il faisait à partir d'Aspres-sur-Buech ! C'était la grande fête des sumacs et des corymbes de nerpruns. C'était la grande colonnade d'érables en samares rouges qui jalonnait cette vieille route, cette vieille route aux érables qui allait se ramifier par tout le Trièves dans un grand feu d'artifice rouge et or pour souligner au loin les premières neiges sur les glaciers des Écrins. Le ciel bleu découpait les moindres feuilles, repoussait sur sa couleur impitoyable les rebords forgés des moindres buissons. C'était la pourpre cardinalice d'une longue théorie de prélats transformés en arbres qui faisaient une haie d'honneur à tous ces chemins qui appelaient le large pas du promeneur aux rêves épars.

L'enfant régalait ses yeux avec toutes ces beautés gratuites, ineffables et transparentes. Le monde déroulait ses fastes pour personne, sauf pour l'amour de Dieu.

La langue démangeait au chauffeur Calixte. Il avait naguère tant parlé de lui et du maître de la Commanderie à l'enfant, qu'il était un peu vexé que celui-ci à son tour ne lui parlât pas de lui. À la fin, il n'y tint plus.

« Quel effet ça fait, dit-il, d'être maître du temps ?

— Aucun, répondit l'enfant. Puisque je suis fait pour ça. »

Le chauffeur hocha la tête.

« Moi, dit-il, il me semble que ça me ferait un drôle d'effet. Ça n'est pas naturel.

— Vous connaissez, dit l'enfant à brûle-pourpoint, le chef de gare du Percy ?

— Oui, dit Calixte. Il paraît qu'il est cocu.

— Non, dit l'enfant, c'est un méchant joueur de flûte qui fait courir ce bruit. Sa femme est sage comme une image. Elle est blonde, elle a les yeux bleus. Elle est bien coiffée et elle porte un col blanc en dentelle de Malines.

— Comment sais-tu que c'est de la dentelle de Malines ?

— Pour l'avoir inventé », dit l'enfant.

De lacet en lacet et de montée en descente, ils atteignirent dans la nuit les abords de la gare du Percy où la route s'enlace à la voie par tout un jeu de passages à niveau plus ou moins tordus et tous gardés par des maisonnettes où vivent chichement des préposés mal payés.

Devant la dernière, celle d'où l'on distingue sous les épicéas la douillette station du Percy, il y avait une garde-barrière en jupon de futaine qui faisait la loi en travers de la route barrée d'une lanterne rouge. Elle élevait très haut au-dessus d'elle un petit disque rouge au bout d'un long bâton et de l'autre main elle agitait un fanal.

La limousine fit halte devant elle. Il y avait sept ou huit wagons qui défilaient lentement venant du Percy, allant vers le Monestier-de-Clermont. Dans la pénombre céruléenne des compartiments (on n'avait pas encore eu le temps d'effacer le bleu de méthylène des ampoules posées durant la guerre), des familles et des gens seuls se tenaient sur leur quant-à-soi, les genoux bien serrés. Une sœur de charité toute seule occupait un coin de banquette. Elle était attentivement plongée dans un livre d'heures. Nul n'était monté à côté d'elle, par décence, de crainte de la frôler. Elle était toute vermeille sous la blancheur de la coiffe.

L'enfant qui voyait défiler le train rêvait encore à cette céleste apparition, lorsque soudain, en dépit du bruit de ferraille du convoi, il perçut distinctement l'air du *Petit navire* sur un mode suraigu, sur un tempo de triomphe, sur une tonalité de vengeance.

C'était l'homme malade, c'était l'homme méchant, de plus en plus jaune, sous la lampe grillagée du plafonnier. Il avançait la moitié du corps par la glace ouverte du wagon et il jetait ses notes vers l'arrière. Sa funeste flûte étincelait étrangement.

« Arrêtez-vous ! cria l'enfant.

— Mais, dit le régisseur, qu'est-ce qui se passe ? Pourquoi veux-tu descendre ?

— J'ai le pressentiment d'un malheur ! Arrêtez-vous ! Il faut que je descende !

— Mais que dira ton père si je ne te ramène pas à Chichilianne ?

— Il comprendra ! Je lui téléphonerai ! »

Il répondit ça alors qu'il était déjà dehors, qu'il avait esquivé la volumineuse garde-barrière, qu'il venait de franchir le portillon et qu'il fonçait trébuchant sur le ballast, à rebours de la marche du train.

Soudain le fourgon de queue le dépassa et il se trouva avec la voie luisante devant lui, mouillée d'un crachin indistinct qui n'obscurcissait pas le ciel. Il courait, il courait ; la gare du Percy était là-bas dans la pénombre de ses chiches lumières.

Et l'on distinguait au bout du quai le chef de gare qui agitait une grosse lanterne de haut en bas. Le verre rouge de ce fanal paraissait lancer dans son agitation des appels au secours.

L'enfant arrivait à la hauteur de l'homme, il vit que celui-ci avait pris un volume insolite et, à mesure qu'il se rapprochait, il distinguait ses traits décomposés.

Essoufflé, il s'arrêta à la hauteur du chef qui avait encore prospéré depuis leur dernière rencontre, sous ce cèdre précisément, il y avait plus de six mois de cela.

C'était un arbre qui couvrait de son envergure les quais, la marquise, l'étage charmant où se tenait, sans doute, la petite femme craintive qui venait encore d'être insultée par ce joueur de flûte.

Ce fut la deuxième conversation à la pénombre de l'arbre que nul, sauf eux, n'aurait pu entretenir, et le vent seul qui chuchotait doucement sous les ramures de l'arbre, le vent seul entendit leurs paroles.

« Que vous arrive-t-il ? demanda l'enfant.

— Je suis foutu ! dit le chef de gare. Il ne me reste plus qu'à me détruire ! Il est revenu l'autre avec sa flûte !

— Oui. Je l'ai vu.

— Oui, mais cette fois c'est une flûte traversière en métal chromé. Même si j'avais pu l'attraper, je n'aurais pas pu la lui casser sur la tête ! Il ne me reste plus qu'à me détruire, je te dis !

— Pourquoi ?

— Parce que j'ai donné le départ du train descendant avant d'attendre le train montant ! Tu sais bien que le 4115 et le 4112 c'est dans ma gare qu'ils se croisent ! Tu comprends, l'homme malade, l'homme méchant, je l'avais oublié depuis tout ce temps, et de le voir tout d'un coup comme ressuscité, ça m'a mis hors de moi ! Je n'avais que mon sifflet pour exprimer mon indignation ! Alors j'ai soufflé dans mon sifflet ! Par exaspération, par défi, par malheur ! Et le mécanicien de la titulaire, il a pris ça pour le signal du départ ! »

L'enfant se couvrit la bouche avec sa main pour étouffer son cri d'horreur.

« Mon Dieu ! dit-il. Vous avez raison, il y a bien là de quoi se détruire !

— Ils vont se tamponner, dit le chef de gare d'une voix lugubre, sur le viaduc de Saint-Michelles-Portes, le plus long, le plus penché, le plus profond ! »

Mais l'enfant était en train de découvrir lentement à quoi, quand il l'avait rencontré, et depuis chaque fois qu'il l'évoquait, ce chef de gare lui faisait penser.

« Venez un peu par ici, dit-il, enfonçons-nous sous l'ombre de l'arbre ! »

Là-bas, paisiblement, des voyageurs qui étaient en avance attendaient l'arrivée du train 4112 qui devait être en bas, entre Vif et Saint-Georges-de-Commiers, consommant les rampes et les tunnels qui en un beau huit bien fermé le hausseraient de trois cents à huit cents mètres d'altitude. C'était le grand paraphe dont la créatrice de la ligne avait enjolivé sa signature, autrefois, au siècle dernier.

« Défaites votre vareuse ! commanda l'enfant d'une voix ferme.

— Non ! dit le chef. Je suis trop laid sans elle ! »

Il serrait convulsivement les revers de son uniforme mais l'enfant se glissa derrière son dos.

Il disposait toujours, en cas de besoin, d'un canif suisse de boy-scout, rouge pour ne pas être égaré et porteur d'une croix rouge sur fond blanc pour rassurer les enfants perdus. Il l'ouvrit, il le planta dans le dos du chef de gare en prenant bien garde de ne lacérer que le vêtement. Il y avait longtemps que cet uniforme avait envie de clamer la vérité. Il y avait longtemps que l'être contenu dans le chef de gare avait envie de découvrir sa vraie nature. Depuis en réalité que l'enfant Élie avait reçu de Kronos ce don d'interrompre le temps. Les dieux se livrent ainsi dans le ciel des combats acharnés par mortels interposés.

Il y eut dans l'air de la nuit un chuchotement indistinct, un froissement de bouton de rose qui soudain libéré s'épanouit et se déploie, occupant, sur l'espace, dix fois plus de volume qu'il n'en réclamait auparavant.

L'enfant épouvanté recula devant cette éclosion.

« Je savais ! cria-t-il. Je savais que c'étaient des ailes ! »

Dans l'ombre, le chef de gare hochait sa pauvre tête qui était soudain devenue coupante comme celle d'un oiseau.

« Alors c'est vrai ? dit-il. Ce sont des ailes ?

— Oui ! dit l'enfant. Et je vous assure qu'elles sont blanches comme draps sur le pré !

— C'est pour ça... C'est pour ça que mes bosses répugnaient à ma femme...

— Oui ! dit l'enfant, sans doute. Car qui oserait toucher aux ailes d'un homme ?

— Mais pourquoi ? Pourquoi moi ?

— Sans doute parce qu'on vous a traité de cocu.

194

« — Mais que veux-tu que fasse un cocu d'une paire d'ailes ?

— Sauver de la mort deux cents personnes !

— Ah parce que tu crois qu'elles peuvent servir ?

— Sinon pourquoi vous en aurait-on fait cadeau ? »

Dans l'ombre, poussé sournoisement vers le vide par les rames du cèdre, lesquelles prenaient tout leur temps, luisait le château d'eau qui rouillait mais ne cédait pas. Une échelle de fer conduisait à son faîte. L'enfant la désigna à son compagnon.

« Il nous faut grimper là-haut, dit-il.

— J'ai le vertige ! gémit le chef de gare.

— Non ! Non celui qui vous a pourvu d'ailes a sûrement prévu le cas ! Montez devant ! Je vous soutiendrai !

— Me soutenir ! Mais tu as dix ans !

— Oui, mais vous ne pesez presque plus rien ! Ôtez ces galets de votre casquette et de vos poches, quittez ces chaussures plombées qui vous clouaient au sol et vous verrez ! »

L'homme obéit docilement.

« Quittez tout ! dit l'enfant.

— Non ! Je vais avoir l'air ridicule !

— Quittez tout, je vous dis ! Vous allez avoir l'air terrible mais pas ridicule ! »

À cet instant l'enfant sentit passer devant lui un grand courant d'air qui transportait un parfum suave. Il regarda émerveillé la nouvelle créature qui s'élevait le long du château d'eau et qui se posait avec majesté au bord du couvercle bombé jonché de feuilles mortes.

« Attendez-moi ! » cria-t-il.

Il escalada les degrés agilement. Il fut à côté de la créature, qui n'avait pas lâché l'énorme fanal à glaces rouges et vertes qu'elle tenait tout à l'heure au bout de ses doigts.

« Donnez-moi ça ! dit l'enfant. Ça va vous gêner pour voler !

— Voler ! dit le chef de gare tout tremblant.

— Oui, voler ! Vous, vous allez rattraper le train ! Et moi je vais arrêter l'heure. Ils ont des montres vos mécaniciens ?

— Oui. En fer-blanc et sales, mais elles marchent. »

Le chef de gare agitait ses ailes doucement, et même ainsi il avait peine à ne pas quitter le sol.

« De toute façon, si vous échouez, dit l'enfant, il ne vous restera plus qu'à vous détruire. Alors... »

Entre les ailes et les extrémités de la nouvelle créature, invitait un large espace creux à l'enfourcher. L'enfant s'y jucha à califourchon, le fanal haut levé. Le chef de gare, les yeux fermés, se laissa aller dans le vide, les ailes éployées.

Au-dessous de lui, l'air docile le reçut doucement et se mit à le porter.

L'enfant cria « Hourra ! » avec exaltation.

« Bats des ailes et élève-toi ! commanda-t-il. Il faut que nous repérions le train qui descend ! »

Il avait en pensée l'image de la religieuse dans son coin qui lisait tout à l'heure son bréviaire sous la lumière bleue du compartiment.

« Je vois le fanal rouge ! cria-t-il soudain. Il apparaît et disparaît ! »

De sa main libre, il formait le zéro qui arrêtait le temps.

En bas, dans les deux trains bringuebalants, deux cents personnes sommeillantes branlaient du chef à l'unisson. Elles avaient même dépassé l'heure où l'on se parle des intempéries qu'il va faire cet hiver. Chacun piquait du nez sur son néant sans pouvoir imaginer qu'on courait vers la mort. Quelques-uns, quoique mornes, mangeaient les derniers œufs durs de l'en-cas pour n'avoir pas à les rapporter à la maison. L'homme méchant remettait sa flûte dans son étui en la couchant amoureusement. Après quoi, il se carra en souriant à sa place pour tripoter sa verrue qui avait encore grossi.

La nuit était limpide et le silence total. Il n'y avait pour le troubler que ce fouettement d'ailes régulier et précis comme la brasse d'un nageur, mais ici c'était dans l'éther.

En bas, les yeux rouges et maculés de noir comme des ramoneurs, les mécaniciens des deux locomotives venaient de franchir l'un le PK 63 et l'autre le PK 38. Ils allaient bon train tous les deux et ils étaient dans les temps.

Il leur vint la malencontreuse idée de s'en assurer en consultant l'oignon crasseux en fer-blanc qui faisait partie des accessoires imposés par la Compagnie pour la sécurité et qui d'ailleurs portait son sigle incrusté. Cette montre était mâchurée de cambouis et de charbon mal brûlé.

« Vains dieux de vains dieux ! J'ai quatre minutes d'avance », bougonna le mécanicien du train descendant.

Et celui du train montant s'avisa de la même chose. Ils eurent tous les deux le même réflexe.

« Bastien ! Arrête de bourrer ! »

« Firmin ! Arrête de bourrer ! »

Cette apostrophe s'adressait aux chauffeurs qui ringardaient hardiment le foyer pour y loger encore deux pelletées de charbon.

C'est que la Compagnie a horreur autant de l'avance que du retard. Elle s'enorgueillit d'être réglée comme un papier à musique. Il y a des années, que sur cette ligne, il n'y a plus eu ni avance ni retard, ce qui permet aux pontes de progresser sur le tableau des notations.

La machine d'amont descendait à fond de train, la machine d'aval ahanait péniblement sur des rampes à quatre pour mille. Il y eut des coups de frein déchirants sur les boggies.

Là-haut, l'enfant arrêtait le temps et le remettait en marche par saccades pour que les mécaniciens ne croient pas que leurs montres étaient détraquées. Ils se posaient des questions d'ailleurs, les mécaniciens.

« Pourtant, se disait le mécanicien descendant, si on m'a donné la voie au Percy c'est que le 4112 est à l'heure et qu'on va se croiser à Saint-Michel-les-Portes. »

Et il ralentissait encore dans sa perplexité.

Là-haut, on avait bien besoin de ces hésitations car un chef de gare même pourvu d'ailes, ça vole quand même moins vite qu'un archange.

« Je le vois ! cria soudain l'enfant. Ça y est, je les vois tous les deux ! Le train montant en est à cinq virages du viaduc et le descendant... il a un tunnel devant lui ! Descends vite, descends en piqué. Referme tes ailes !

— On va se tuer ! »

Avec son fanal à bout de bras, l'enfant fit le même geste fataliste que s'il avait eu les mains libres.

Ils allaient tous les deux à la vitesse d'un aigle fondant sur sa proie. Soudain le chef de gare déploya à nouveau ses ailes. Ils étaient à cinq mètres du sol. Ils se posèrent.

« Je crois que maintenant je sais voler ! » dit le chef de gare.

Ils avaient atterri au beau milieu du viaduc à une seule voie de Saint-Michel-les-Portes. L'enfant se précipitait déjà vers l'aval en agitant à grands gestes son fanal du côté rouge. Il était au beau milieu de la voie. Il songeait à la sœur en cornette lisant paisiblement. Il avait envie de lui sauver la vie au péril de la sienne.

Le chef de gare volant au ras du sol fonçait vers l'entrée du tunnel en agitant ses ailes d'homme. Il y eut d'affreux grincements de frein de part et d'autre. L'enfant et le fonctionnaire, qui avaient reculé devant les machines, étaient maintenant dos à dos sur le viaduc. Les deux monstres chuintants et grinçants additionnaient en un vacarme épouvantable leur bruit de bouilloire. Ils s'arrêtèrent, interdits, à dix mètres l'un de l'autre. Le gros regard de cyclope à moitié aveugle que leurs fanaux glauques évoquaient paraissait incrédule. Ils ne s'étaient jamais toisés de si près. Les deux mécaniciens mirent pied à terre, les deux chauffeurs aussi. Ils contemplèrent ébouriffés la profondeur de l'abîme sous le viaduc. Ils en avaient pour la vie, de temps à autre, à soudain se soulever sur leur séant au fond de leur lit, pour hurler la terreur qu'ils éprouvèrent en cet instant.

Les voyageurs mirent le nez à la portière, quelques-uns, même, descendirent, se penchèrent sur le garde-fou, regardant le torrent en contrebas. L'enfant aperçut la cornette de la sœur au loin.

Le chef de gare était perché sur le parapet de l'ouvrage d'art et en dépit de la nuit qu'il faisait quelques usagers commençaient à remarquer la blancheur de ses ailes. Ils en parlèrent aux veillées, plus tard.

Mais l'enfant connaissait la vie.

« Vite, vite ! dit-il. Reprends-moi sur ton dos ! Fonce vers le couvert des forêts. Ne restons pas là ! »

Il empoigna le fanal à pleines mains. On vit virevolter les verres rouges et verts qui soudain s'enfuyaient vers le ciel.

« Pourquoi ? demanda le chef de gare.

— Parce que ! dit l'enfant parodiant son père.

— Pourquoi *parce que* ? »

Il venait de négocier un virage planant sur la tête des épicéas. Désormais voler était sa nature.

« Parce que, soupira l'enfant, les hommes n'àiment pas les miracles. La dernière fois qu'ils ont pincé quelqu'un en train d'en faire, ils l'ont crucifié ! »

*

Au penchant herbu d'un talus du ciel, Kronos et Zeus reposaient sous l'ombre d'un hêtre. Ils étaient comme au cinéma devant ce monde qu'ils avaient voulu si étrange.

Ils venaient d'assister haletants à tout ce drame. Ils avaient vu les deux locomotives, l'une dévalant, l'autre ahanant, se précipiter vers la catastrophe. Et soudain, ils avaient été frôlés par les ailes de ce grand oiseau bigarré qui transportait sur son dos un enfant muni d'un fanal et qui traînait après soi ce suave parfum.

Kronos en avait eu la voix enfoncée au fond du gosier. De lui il n'était sorti qu'un râle indigné qui sentait l'agonie.

« C'est pas possible ! croassa-t-il. C'est toi qui m'as fait ce coup !

— Hélas non, répondit Zeus. Je n'en ai plus la force. Les ailes, ça ne peut être que Lui. »

Son index magistral désignait la voûte étoilée au-dessus d'eux.

Alors, ils virent planer en cercles de plus en

plus grands cet étrange équipage et tantôt vert et tantôt rouge qui occupait le ciel de nuit.

« Je vole, dit le chef de gare, comme si j'avais toujours volé ! Je ne m'arrêterais plus de planer ! »

Ils étaient à une telle hauteur maintenant que la Meije et les Écrins faisaient la couronne au-dessous d'eux et que le nid du Trièves en bas était blotti sous quelques rares plis de terre.

« Regarde-les bien ! dit Zeus admiratif. Jamais ils ne seront plus beaux qu'en ce moment où ils ont la conscience tranquille ! Toi qui sais rendre les choses immobiles, tu devrais...

— Pourquoi pas ? » dit Kronos.

Il esquissa un sourire énigmatique.

« Tous les règnes, dit-il, finissent par s'user. Et moi, ils ont beau me nier avec leur éternité, mais j'existe ! Pourquoi pas ? » répéta-t-il tout guilleret.

Comme s'il avait peur d'être pris sur le fait, il coula vers le zénith un regard biais et, furtivement, il inscrivit dans la nuit sereine un signe que personne ne put lire, pas même Zeus.

Alors l'enfant et le chef de gare qui regagnaient à tire-d'aile, l'un l'*Auberge du Bord de route*, et l'autre, à la station mythique du Percy, cette petite femme timide qui régnait sur des rideaux en vichy à carreaux rouges et blancs ; ces deux êtres sentirent un grand souffle qui les soulevait vers l'infini.

Kronos venait de leur assigner une ellipse à double-foyer qui prenait assise sur l'étoile Polaire et les mettait pour toujours à l'abri des passions.

Mais comme il savait combien tous deux ils aimaient le Trièves, il leur avait esquissé une trajectoire qui passait tous les trois ans par le sommet du mont Aiguille.

Alors, quand cela était annoncé, on se massait sur les places publiques comme pour un feu d'artifice. On couvrait bien les enfants, on les juchait sur les épaules, on leur disait : « Regarde ! Regarde bien ! Il n'y a qu'ici que tu verras ça ! Ne t'en va jamais ! »

Il y eut quelques remous. Des curieux affluèrent. Mais Kronos avait prévu le coup. La constellation nouvelle n'était visible que pour les gens d'ici. Ni les astronomes, ni les hommes de science, ni tous ceux qui auraient bien voulu lui mettre un grain de sel sur la queue ne la virent jamais.

Il y en eut qui auraient préféré ne jamais la voir. Bijoux, devenu centenaire, se mettait des lunettes noires les soirs où la constellation se levait. Il eut des joutes oratoires homériques avec l'instituteur anar qui pourtant abondait dans son sens. Parfois, timidement, le curé se mêlait à leur discussion passionnée mais il ne prenait pas parti.

On vit revenir, attiré par la rumeur, le promoteur félon qui avait voulu couler la boîte à Bijoux. On le vit revenir maigre et de bien meilleure mine. Selon sa propre prédiction, il s'était fait virer comme un malpropre par son conseil d'administration, sous prétexte que sous son règne l'action avait perdu quarante-cinq pour cent.

Comme il avait plus de cinquante ans, on ne lui proposa rien d'autre, mais comme il n'avait plus de souci, ayant tout perdu, il ne calculait plus, d'où sa meilleure mine.

Avec les primes qu'il avait touchées, et la vente de sa Porsche de collection, il calcula qu'il pouvait venir vivre en Trièves où la vie est peu chère, et il avait envie de revoir la roue à aubes.

Nous sommes facilement oublieux de ce qui ne nous importe pas et le P-DG déchu fut reçu comme tout le monde.

« J'ai vu un bastidon, s'enquit-il timidement, au milieu des vignes de Prébois, est-ce qu'on ne pourrait pas me le louer ? »

Il voyait ce bastidon comme un palais de Golconde.

C'était une pièce-cuisine qui respirait le raisin

à longueur d'années. À condition d'y tolérer le tonneau où mûrissait le vin et qu'on avait construit au beau milieu de la pièce pour ne pouvoir plus l'en sortir, on consentit bien volontiers à le lui laisser habiter.

C'était sur une charmante vieille vigne que de tout temps il avait fallu travailler à la main car ni ânes ni chevaux ne pouvaient y tenir debout. Quand on était au bas du lopin de terre on n'en voyait pas le sommet, mais seulement la rotondité qui l'annonçait. Le fameux bastidon était arrogamment quillé sur cette ligne d'horizon.

Alors, tous les matins, le P-DG déchu sortait sur le seuil pour satisfaire un besoin naturel et, dans l'odeur sublime du café en train de passer, il s'étirait de joie devant cette beauté pérenne, devant cette splendeur de ciel, devant la rigueur raisonnable de ces montagnes couvertes de prairies ou de forêts.

Néanmoins, il n'assista qu'une seule fois avant sa mort à l'apparition de la nouvelle étoile. Il eut beau se mêler au peuple, serrer des mains, se faire frapper sur l'épaule, payer des coups à boire, il ne put, longtemps, que se contenter des exclamations de bonheur que poussaient les naturels devant le grandiose spectacle.

Il les voyait les yeux au ciel, il les voyait émerveillés, et lui il ne pouvait distinguer que les étoiles immobiles qui se lèvent depuis l'éternité dans le ciel des hommes.

Il n'alla plus se mêler au peuple. Il se confina en la solitude heureuse de ce bastidon à odeur de vin. Et c'est ainsi qu'un soir, dans le premier étourdissement de sa fin prochaine (il était fort vieux et fort lent), il vit jaillir hors du mont Aiguille cette joyeuse constellation rouge et verte et il sut enfin que le pays l'avait absout.

Le Marcel Chambellan, celui qui le premier avait débusqué l'huissière, le Marcel Chambellan en mourut de surprise. Son esprit cartésien n'admit jamais la chose. Et, comme de son vivant où il conversait paisiblement avec eux, d'un bord à l'autre de l'éternité, il put longtemps, longtemps, avec ses défunts, ses complices, peser le pour et le contre dans le même tombeau.

La Juliette Surle épousa l'instit anar de Lalley. Ils eurent trois enfants ensemble et en adoptèrent trois autres qui venaient du Cambodge. Ils plièrent souvent sous ce poids écrasant. Ils ne rompirent jamais.

Les soirs où l'on annonçait la nuit du phénomène, le père Bijoux, qui ne voulut jamais mourir tant il aimait le parfum de ses jouets, le père Bijoux et le curé de Lalley venaient souper sur la terrasse de l'école, chez l'instit anar.

Leur discussion homérique sur l'irrationnel

se ravivait aussitôt entre eux comme un incendie mal éteint, et quand la constellation absurde était sur le point de jaillir au-dessus du mont Aiguille, le père Bijoux se faisait bander solidement les yeux par le curé. Et, derrière cette cécité obstinée, il brocardait l'apparition. Il proclamait qu'il ne voyait rien, que tous les autres qui jubilaient autour de lui leur émerveillement, que tous les autres étaient le jouet de leurs sens abusés. Et il n'ôtait son bandeau que lorsque tout était rentré dans l'ordre. Alors, il pouvait enfin regarder avec soulagement la constellation de la Vierge inclinant vers le sud si c'était l'été, ou l'immense Orion si c'était l'hiver, maître de tout le firmament.

Quant à M. Sémiramis, l'annonce de ce passage était toujours pour lui prétexte à une grande fête. Il allait sans bruit et sur la pointe des pieds ouvrir la porte de la chambre où Jolaine avait vécu. Toutes les pendules y étaient maintenant arrêtées et le silence, pour l'âme, était le seul recours.

Éloquent et pitoyable, le fauteuil roulant qui avait servi à l'infirme était là, au pied du lit, en une interminable attente.

M. Sémiramis le tournait vers la porte, puis dans le corridor vers la porte-fenêtre grande ouverte.

Alors, avec mille précautions, le maître de la Commanderie poussait le siège sur la terrasse aux dalles bombées jusqu'à la balustrade au-delà de laquelle tout le Trièves se déroulait.

C'était l'heure préférée de Jolaine, autrefois. L'heure tranquille où les vaches rassemblent leurs clarines autour des clenches salvatrices qu'on va bientôt leur ouvrir pour les traire.

Le soir s'avançait en tapinois de vallon en vallon. L'ombre enfin permettait que, dans le fauteuil roulant, le spectre de Jolaine pût recréer sa chair.

La paix mystérieuse qui sourd des chants des grenouilles étoilait la nuit noire et soudain, là-bas, au-dessus du mont Aiguille, jaillissait cet étrange équipage rouge et vert qui traversait nouvellement le ciel du Trièves.

Sémiramis alors rassemblait dans sa mémoire l'image en mouvement de son cher fantôme. Il contemplait avec tendresse la place où aurait dû se recomposer le visage de Jolaine. Il faisait des yeux le tour de ce vide et il souriait.

Car il trouvait qu'elle avait l'air heureux.

DU MÊME AUTEUR

Aux Éditions Gallimard

LE SECRET DES ANDRÔNES (Folio Policier n° 107)

LES CHARBONNIERS DE LA MORT (Folio Policier n° 74)

Aux Éditions Denoël

LA MAISON ASSASSINÉE (Folio Policier n° 87)

LES COURRIERS DE LA MORT (Folio Policier n° 79)

LE MYSTÈRE DE SÉRAPHIN MONGE (Folio Policier n° 88)

LE COMMISSAIRE DANS LA TRUFFIÈRE (Folio Policier n° 22)

L'AMANT DU POIVRE D'ÂNE (Folio n° 2317)

POUR SALUER GIONO (Folio n° 2448)

LES SECRETS DE LAVIOLETTE (Folio Policier n° 133)

LA NAINE (Folio n° 2585)

PÉRIPLE D'UN CACHALOT (Folio n° 2722)

LA FOLIE FORCALQUIER (Folio Policier n° 108)

LES ROMANS DE MA PROVENCE (album)

L'AUBE INSOLITE (Folio n° 3328)

UN GRISON D'ARCADIE (Folio n° 3407)

LE PARME CONVIENT À LAVIOLETTE (Folio Policier n° 231)

L'OCCITANE, UNE HISTOIRE VRAIE

L'ENFANT QUI TUAIT LE TEMPS (Folio n° 4030)

L'ARBRE, nouvelle extraite des SECRETS DE LAVIOLETTE
   (Folio à 2 € n° 3697)

APPRENTI (mémoires)

Aux Éditions Fayard

LE SANG DES ATRIDES (Folio Policier n° 109)

LE TOMBEAU D'HÉLIOS (Folio Policier n° 198)

COLLECTION FOLIO

Composition Nord Compo
Impression Novoprint
à Barcelone, le 03 mai 2004
Dépôt légal : mai 2004

ISBN 2-07-30175-3./Imprimé en Espagne.